小小说美文馆

主编

马国兴

吕双喜

成长

青春是最温柔的悬念

郑州大学出版社

图书在版编目(CIP)数据

成长:青春是最温柔的悬念/马国兴,吕双喜主编.—郑州:
郑州大学出版社,2017.1(2023.3 重印)
(小小说美文馆)
ISBN 978-7-5645-3671-8

Ⅰ.①成… Ⅱ.①马…②吕… Ⅲ.①小小说-小说
集-中国-当代 Ⅳ.①I247.82

中国版本图书馆 CIP 数据核字(2016)第 309221 号

郑州大学出版社出版发行
郑州市大学路40号   邮政编码:450052
出版人:孙保营   发行部电话:0371-66658405
全国新华书店经销
三河市鑫鑫科达彩色印刷包装有限公司印制
开本:710 mm×1 000 mm   1/16
印张:10
字数:146 千字
版次:2017 年 1 月第 1 版   印次:2023 年 3 月第 3 次印刷

书 号:ISBN 978-7-5645-3671-8   定价:35.00 元
本书如有印装质量问题,请向本社调换

编委名单

序

杨晓敏

书来到我们手上，就好像我们去了远方。

阅读的神妙之处，在于我们能够经由文字，在现实生活之外，构筑属于自己的精神生活。透过每篇文章，读者看到的不仅是故事与人物，也能读出作者的阅历，触摸一个人的心灵世界。就像恋爱，选择一本书也需要缘分，心性相投至关重要，阅读的过程中，你会发现他与自己的不同，而你非常喜欢，也会发现他与自己的相同，以至十分感动。阅读让我们超越了世俗意义上的羁绊，人生也渐渐丰厚起来。

在这个信息碎片化的网络时代，面对浩若烟海的读物，读者难免无所适从，而阅读选本无疑是一个不错的选择。从《诗经》到《唐诗三百首》再到《唐诗别裁》，从《昭明文选》到"三言二拍"再到《古文观止》，历代学者一直注重编辑诗文选本，千淘万漉，吹沙见金。鲁迅先生说过："凡选本，往往能比所选各家的全集更流行，更有作用。册数不多，而包罗诸作。"为承续前人的优秀传统，我们编选了"小小说美文馆"丛书。

当代中国，在生活节奏加快与高科技发展的影响下，传统的阅读与写作方式发生了深刻的变化，小小说应运而生，成为当下生活中的时尚性文体。作为一种深受社会各界读者青睐的文学读写形式，小小说对于提高全民族的大众的文化水平、审美鉴赏能力，提升整体国民素质，在潜移默化中起到了不可估量的作用。小小说注重思想内涵的深刻和艺术品质的锻造，小中见大、纸短情长，在写作和阅读上从者甚众，无不加速文学（文化）的中产阶级的形成，不断被更大层面的受众吸纳和消化，春雨润物般地为社会进步提供着最活跃的大众智力资本的支持。由此可见，小小说的文化意义大于它的文学意义，教育意义大于它的文化意义，社会意义又大于它的教育意义。

因为小小说文体的简约通脱、雅俗共赏的特征，就决定了它是属于大众文化的范畴。我曾提出，小小说是平民艺术，那是指小小说是大多数人都能阅读(单纯通脱)、大多数人都能参与创作(贴近生活)、大多数人都能从中直接受益(微言大义)的艺术形式。小小说作为一种文体创新,自有其相对规范的字数限定(一千五百字左右)、审美态势(质量精度)和结构特征(小说要素)等艺术规律上的界定。我提出的小小说是平民艺术,除了上述的三种功效和三个基本标准外,着重强调两层意思:一是指小小说应该是一种有较高品位的大众文化,能不断提升读者的审美情趣和认知能力;二是指它在文学造诣上有不可或缺的质量要求。

小小说贴近生活,具有易写易发的优势。因此,大量作品散见于全国数千种报刊中,作者也多来自民间,社会底层的生活使他们的创作左右逢源。一种文体的兴盛繁荣,需要有一批批脍炙人口的经典性作品奠基支撑,需要有一茬茬代表性的作家脱颖而出。所以,仅靠文学期刊,是无法垒砌高标准的巍巍文学大厦的。我们编选"小小说美文馆"丛书,是对人才资源和作品资源进行深加工,是新兴的小小说文体的集大成,意在进一步促进小小说文体自觉走向成熟,集中奉献出思想内容与艺术形式兼优的精品佳构,继而走进书店、走进主流读者的书柜并历久弥新,积淀成独特的文化景观,为小小说的阅读、研究和珍藏,起到推动促进的作用。

编选"小小说美文馆"丛书,我们选择作品的标准是思想内涵、艺术品位和智慧含量的综合体现。所谓思想内涵,是指作者赋予作品的"立意",它反映着作者提出(观察)问题的角度、深度和批判意识,深刻或者平庸,一眼可判高下。艺术品位,是指作品在塑造人物性格,设置故事情节,营造特定环境中,通过语言、文采、技巧的有效使用,所折射出来的创意、情怀和境界。而智慧含量,则属于精密判断后的"临门一脚",是简洁明晰的"临床一刀",解决问题的方法、手段和质量,见此一斑。

好书像一座灯塔,可以使我们在瞬息万变的社会不迷失自己的方向,并能在人生旅途中执着地守护心中的明灯。读书是一种积极的生活情趣,一个对未来的承诺。读书,可以使我们在人事已非的时候,自己的怀中还有一份让人感动的故事情节,静静地荡涤人世的风尘。当岁月像东去的逝水,不再有可供挥霍的青春,我们还有在书海中渐次沉淀和饱经洗练的智慧,当我们拈花微笑,于喧嚣红尘中自在地坐看云起的时候,不经意地挥一挥手,袖间,会有隐隐浮动的书香。

(杨晓敏,河南省作协副主席,郑州小小说文化传媒有限公司董事长、总编辑,《小小说选刊》《百花园》主编。)

目录

和妈妈的"谍战"

曾 颖

1987年,我十六岁,这一年,我与母亲打了一年的"谍战"。虽说不像真正的谍报人员那样步步惊心,随时都有可能经历"险过剃头"的严重情节,但在青春期那些刚刚开始把隐私作为个人尊严底线的年月,这些"斗争"也确实承载了我太多的喜怒哀乐。那些情绪,曾让我发乎于心地担惊受怕,甚至羞痛交集。直至我当了母亲,并有了与当年的我年龄相仿的儿子时,才稍有释怀。

十五六岁的人与孩童时代相比有许多显著变化。我最大的变化就是不再爱向父母提及自己的事情,无论是晚饭时在餐桌前,还是临睡前与母亲的交谈。这两个时段曾是我和母亲交流和谈心的重要时间段。母亲是个特别重视与孩子沟通的人,也许是因为父亲早年离家出走对她的打击太大,她很不容易信任别人。这也造就了这样一个局面——只有我是她唯一一个倾诉和倾听者。从我懂事开始,我家的饭桌前就绝不放电视机或收音机,母亲说不让外面的信息来干扰我们的生活,她把这种交流看得很重。在十六岁之前,我也很享受母女间这种无话不聊亲密无间的感觉。

但自从无意间和母亲聊起有个男生常借书给我,还总在我需要帮助的时候恰到好处地为我提供帮助,让我觉得很贴心很感动的时候,母亲没有像

往常那样,顺着我的喜悦往下聊,而是有些神经质地义正词严地让我不要和那个男孩交往,因为那些无微不至的关怀,包藏的是显而易见的祸心——男人用一百天来讨好女孩子,女孩子要用一生来还这一百天!

母亲显然用自己的人生悲剧积累下的经验来看待我的生活,但我却不愿意自己对世界的看法,被她那冷漠与怨恨多于爱与宽容的人生经验框在一个灰暗的世界里。一个从别人的善意举动中轻易看出不善甚至敌意的人是可悲的,她会丧失许多人生乐趣。对于一个刚刚踏入人生的全新生命来说,受伤本身也是一种财富和经历。即使是最爱我最担心我的母亲,也不能成为我的脚,代替我走完属于我自己的道路。

自从那次交谈之后,母亲就急火攻心地让我不要再和那位男生交往,我和母亲聊天的内容,无论从质量还是数量,都大幅度下降。我不再是那个无论捡到一块橡皮还是得到一颗糖果都会急着向妈妈报喜的幼儿园小孩子,也不再是那个受了老师批评或没考赢同桌而向母亲诉说委屈的小学生,更不是在生理周期来临时如遭遇世界末日般向妈妈求救的初中小妞。我开始有了秘密,这秘密就是对于那个男生所献的殷勤,我有一种小小的喜悦和幸福感,因为他不仅长相帅气举止潇洒,而且还不像别的小男生自以为是地装阳刚耍帅故意对女生冷漠,他看我时,眉眼间总有一种让我感到温暖和羞怯的神韵,伴随这种神采到来的,是班上女生们失落一地的沮丧和嫉妒眼神。我承认,对这种被众人羡慕嫉妒恨的感觉,我感到有些小小得意。

正因为如此,我不愿意履行对妈妈的承诺,不再与他交往。而为了不让母亲知道,我对母亲的信息壁垒逐渐开始形成,并逐渐形成一个城堡,将自己那点小秘密严密地包裹起来。

母亲从我的静默中察觉出了异样,在无数次貌似坦诚其实是希望我坦白的交谈中,她焦急的询问都被我温柔地反弹了回去,她开始对我使用“秘密手段”。

最初,她使用的是最传统的盯梢和“突然降临法”,或偷偷跟着我看我上学路上干了些什么,或在放学路上假装偶遇突然出现在我身边。但这些手段早前在小学和初中时就用过了,也确实抓到过我乱买零食或和同学在街边踢毽子不准时回家之类的"违法行为",但对于高中学生来说,这招却没多大用处。一是因为她的招数太古老,而目标又太大;二是因为像我这个年龄的女孩子,怎么可能在上学和放学路上有什么异常举动?她愿意看到,我还不愿意做呢,能在大街上干的,还叫什么秘密?

跟了一段时间,老妈一无所获。这种结果只有两种可能,一是我确实没有什么秘密;其二,是我有秘密,但没有被她逮住。她显然更相信后者,于是对我实施更新一步的侦破术,在我身边安插"卧底"。

老妈的"卧底",是我的表妹雪茹,她以一件高领拉毛衫和每周两元钱的活动经费为代价,让雪茹留意我的动向和思想,看看我干没干什么不合规矩的事,特别是交没交不适合交的朋友。雪茹与我在同一所学校读书,我们在一起的时间很多。

显然,老妈高估了她付出的酬劳的价值,低估了我与表妹十多年的交情。最重要的,是她不知道表妹需要向家长隐瞒的事情远比我需要隐瞒的多 N 倍。她对我,巴结讨好求帮隐瞒还来不及呢,怎么可能自杀性地去当密探惹我生气? 所以,在老妈找她之后的十分钟内,我便知道了这一情况,并和她分享了用"线人费"买的冰棒。当然,为了让老妈不起疑心,我也允许她向母亲透露一些过时的"情报",比如,我偷偷买了什么课外书,或用膏药补破袜子之类,让老妈心满意足地以为"一切尽在掌握"。

这种情况持续没多久,母亲就感觉到不对味了。表妹给她的情报,与她需要的完全不对路,无论质和量,都存在巨大的差别——此时的母亲,如同饥饿的老虎需要一头小牛来充饥,而表妹送上的,却是一只南瓜或几颗白菜,这哪成啊?

于是,母亲开始从另外的渠道着手,开始偷偷翻看我的书包,查看我与同学互发的明信片,从上面的邮戳和地址推测信息;她甚至还无师自通地用

开水壶的蒸汽配合刮胡刀片打开了我未拆的信件,看完之后原样封回去。但这些,除了让我们母女的不信任感增强了之外,便再无别的用处。

事实上,母亲所看到的小学和初中同学的来信,除了嘘寒问暖,和小小的怀旧以及偶尔的为赋新词强说愁的青春感叹之外,便再无别的东西。但她却将其作为挖掘我思想根源的一种依据,寻章摘句,浮想联翩,捕风捉影地构建出她想象中的我的精神世界。那世界令人担心,甚至不出手拯救就会立即遁入深渊,充满了危险。这当然是我所不认同的,我当时的感觉,就是她太啰唆多事,杞人忧天。而且,从她在教育我时说漏嘴的只言片语中我觉察出她对我的偷窥,本能地生出一种反感。

为了确证她偷看了我的信,我用左手给自己写了一封信,邀请自己三天后放学去电影院看当时很火的电影《霹雳情》,并口沫横飞地描述那电影里有感人至深的爱情情节……

信寄出去之后第二天下午,母亲若无其事地把信交给我,说传达室送来的。我回到房间一查看,我特意做的几处记号,包括信封口上不起眼的蜡滴,信笺里包着的一根头发,和信笺对折处一小滴胶水,都不翼而飞……

不出所料,在第二天,也就是信里约定去看电影当天的中午,母亲在饭桌上让我下午放学去姥姥家做作业,并语重心长地对我说:“不是所有电影都适合青少年。”那一刻,我瞬间石化了,母亲的形象像一尊石膏雕像,碎落一地。

之后很长一段时间,我和同学们通信,都选择了一种间谍的方式,通常是一张信纸,正面抄一首无关痛痒的青春励志或朦胧诗,背面则用米汤写着我们要表达的真实内容,其实也无非就是哪个同学过生日,哪里有演出或谁又说了谁的坏话,谁被老爸老妈骂了之类属于青少年的青春八卦。收信者只需要用棉签蘸点碘酒一涂,便可以清晰地显现出来。这样的通信方式,着实瞒了老妈很久,害得她不明就里,天天拿本朦胧诗在那里研读,险些成了一个诗人。

　　和老妈的谍战，绝不仅限于这些，在很长一段时间里，我一直怀疑甚至焦虑过她是否偷看了我的日记，虽然我特意买了加锁的日记本，然后用一把结实的大锁将它锁在书柜抽屉里，但我还是不放心，经常写日记时，在写到我认为犯讳的重要内容时，仍忍不住要用拼音声母来写一大段话，或用英语，或用英语所对应的字母排序符号，有时甚至写上几句违心的哄老妈的话语。我不确定她是否有办法看到，但这种担心一直存在，融入我的血液中。

　　多年后，我们已无须为那些算不得什么秘密的"秘密"纠结介怀时，我忍不住问老妈："你坦白，当年有没有看过我的日记？"

　　母亲一扶老花镜，正色道："你那些写满字母和数字的天书有啥好看的吗？我没看！"

　　说完这话时，我们都笑得喘不过气来。

窃书记

曾　颖

　　在我短暂而漫长的青春岁月里，出现得最多的一个主题词，便是窃书。按照前辈孔乙己先生的说法，窃书是读书人的事，不算偷。故而我也择雅而从之，仿他的说法，窃一回。

　　我不知道孔乙己的书，究竟有多少变成铜钱换了黄酒，多少用来打发寂寥漫长的日夜；但我知道，我所努力想要窃的书，没一本是打算拿去换麻糖和花生吃，而是为了自己的眼睛和心灵的需求去窃。如果单纯是为了换糖，我完全可以像小伙伴们那样，向我家背后的铁工厂废料场下手，只需要从墙下的水沟洞里钻进去，捡两块称手的铁扔出墙，几块麻糖和花生便到手了，无须像窃书那样，费尽周折，而且，收废品的根本不喜欢。

　　那时，街面上没有网吧和游戏厅，青少年最喜欢去的就是连环画店，这些小店，通常以一分或两分钱不等的价格，把厚薄不均的小人书租借给孩子们看。我最初的阅读兴趣，就是在那光线并不十分充足，几块砖垫一块木条做成的长凳上养成的。满满一屋孩子密密地挤坐在一间小屋，屏神静气地看书的场景，至今仍是我心中最美最温暖的画面。

　　但是，比起记忆的温暖，现实却是冰冷而骨感的。虽然一分两分钱的租金，现在看起来不贵，但在当年却是很具体的，那时候，米不过一毛三分多一斤,肉凭票七毛多一斤,一分钱也就是一杯爆米花,两分钱就是小半瓶醋,谁家的经济条件敢放敞了让孩子们由着阅读兴趣去花钱读书啊?况且,一本新连环画也不过一两毛钱,这直接让人产生租不如买的不平衡感,像目前买房人的心态一样。

十四岁的我,在疯狂的阅读愿望与有限的图书供应量之间出现巨大的矛盾。这使得我不得不想出各种各样的歪点子去筹集看书的资本,而为了炫耀自己看过的书多,进而产生拥有更多书的愿望。由此开始了我的窃书生涯。

我第一个下手的目标,是邻居朱爷爷。朱爷爷是一家单位的会计,常年不在家中住,以至于他的那座终年无人的小院,有一种荒弃的感觉,檐下挂着蛛网,墙上长着杂草,却是周围家鼠野狗小猫和我们这帮半大孩子的乐园。小时候在那里扮鬼捉迷藏,只对墙上挂着的铁剑感兴趣,稍大懂些事了,便对那黑屋子里的大书柜感起兴趣来——那里面有好东西。

朱爷爷的书,大多数是很久以前置办下的老书,《西游记》《水浒传》《三国演义》《儿女英雄传》《拍案惊奇》之类,还有《山海经》《阅微草堂笔记》《随园诗话》《聊斋志异》,我凭着十几岁少年的阅读兴趣,窃过"西游""三国"和"水浒",我的另一位伙伴,窃得一本《芥子园画谱》,由此开始学画,最终成为一位知名的山水画家。我所窃的书,原本看后也是想放回去的,但一想着放回去还不知会进了哪家小伙伴的灶门,于是一狠心,就昧了下来,此事一直到多年后朱爷爷去世,房子也被拆迁改建为楼房,也没人问起。我虽然一直心存愧意,但想想那些书最终没有一直在蛛网尘灰中变为鼠虫的美食,而成为一个青春期少年的精神食粮,不禁有些释然,甚至还有一种拯救了它们的小小愉悦感。

我下手的第二家,是离家不远的建筑公司工会图书室,与朱爷爷家里的书一样,我在整个盗窃过程中,没有丝毫"偷"的负罪感,倒是觉得那些被铁栅栏封锁着的书,如同被投入牢狱的老友,正等待着我的搭救一样。

为了接近那早已无人打理的图书室，我也是下过一番苦功夫的。首先，和门卫的儿子以及他家的狗搞好关系；接下来，做好堂弟的思想工作，因为他的身体够瘦小，可以从图书室的护窗爬进去，我可以在窗外接手，而即便被抓住，别人也不会拿七八岁的他怎样。

经过周密筹划，在一个月黑风高适合偷书的夜晚，我和堂弟出动了。我们学电影里的侦察兵，都穿了黑衣，还往脸上抹了锅底灰。我们从建筑公司后院的地沟里钻进去，迎面就撞到守门的大狗阿黄，看在平常给它丢馒头和挠痒痒的分儿上，它原谅了我们的古怪行为，摇摇尾巴自个儿玩去了。

我们从山一样的木头垛子缝隙里穿过去，很快接近了目标，堂弟不负重望，三两下爬上图书室的护窗，然后就往外递书。我凭手感，凡是塑料封皮包着的不好看的精装书，都扔在一边，匆匆忙忙抱了一堆手感尚好的书，用衣服包了，胜利而归。

这天夜里成功越狱的有《青年近卫军》《卓娅和舒拉的故事》《红岩》《战争与和平》，还有《敌后武攻队》《吕梁英雄传》等，以苏联小说为主，也有一些读不懂的法规和理论书。这些对于我来说，已是非常棒的收获了，那几本苏联小说让我在其后整整一个暑假里，沉浸在一种难以言说的幸福中。

建筑公司一直没有发现图书室有什么异样，这使我和堂弟又轻车熟路地干了几票。直至有一天，废品公司的一辆大货车开来，把图书室的书都运往了纸厂，我和堂弟才开始为自己人小力气小无法偷走更多的书而感到深深的遗憾，像阿里巴巴眼睁睁地看着好不容易发现的宝库被洗劫一空一样。而最令人愤怒的，是抢走这些宝物的人并不认为它们是宝物，反而拿去铺了路。

建筑公司宝库的沦陷，让我不得不把窃书的眼光放到下一个目标上——父亲的书柜。

不知从什么时候起，父亲在大衣柜下面的底柜里建起了一个小小图书柜，他时不时会把一些崭新的图书和杂志放在里面。那些新书，有很多是我做梦也想得到的，比起我先前窃来的那些泛黄甚至发霉的旧书，它们简直就像衣着鲜亮的天使。它们中，有《格林童话》《安徒生童话》《尼尔斯骑鹅旅行记》《堂吉诃德》《欧·亨利小说集》，杂志则有《奥秘》《少年文艺》和《读者文摘》，都是我非常想看的。

但是，父亲每次买了新书，自顾自看完，就把书小心而平整地放进衣柜下面的书箱里，然后令人愤怒地锁上，让那些泛着书墨芬芳的尤物，与我一箱之隔，令我抓狂不已。

为了摸清父亲书箱钥匙放在什么地方，我可谓废尽了心思，找他借指甲剪，侦察到钥匙并没在他随身携带的钥匙串上。然后，就连床上、枕边、米坛、蜂窝煤后，甚至连泡菜坛子也找过，但终于还是没有找到。我也曾想正面向父亲借，但父亲一脸吝啬和不情愿，仿佛是担心我损坏他的书，又仿佛是其中有些书，是我现在不适合看的。这更激发了我的好奇心，下决心一定要把它们弄到手。

一连很多晚上，我都静等着父亲看书，睡觉。终于有一天，我看到他放书，并把钥匙小心地放到挂蚊帐的竹筒里。皇天不负有心人，我终于可以看到那些新书了，我那份高兴劲，至今想起还兴奋不已。

多年后，我已是一位受人尊敬的语文老师，一次在饭桌上聊往事，说起了童年这些趣事，我以此事来取笑父亲的吝啬，父亲听了不仅不生气，而且很开心地笑了，说："傻孩子，如果我不那样坚壁清野神秘兮兮，你会那么快那么认真地读完那么多优秀的外国经典？那些书，都是专门为你买的，而且，我藏钥匙的时候，早就知道你那小脑袋瓜在门上的窗户上盼望了好多天了，我就是为了吊吊你的胃口，让你好好珍惜那些书。不是你小子聪明，而是你爸爸太有心。"

家 访

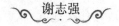

谢志强

沙平最怕我去家访,因为他的学习成绩差。

我刚到三营职工子弟学校教算术,还兼班主任。我拿沙平没办法,他也不调皮捣蛋,就是丢三落四,不是课本不见了,就是作业没交。他的算术成绩总是倒数第一。同学叫他"小糊涂"。而且,他课堂上老是开小差,人坐在教室里,心却跑到别处去了。

有一节课,他埋着头画画。我从讲台走到他的桌边,说:"不听课,你在干啥?"

沙平说:"画羊羔。"

怪不得他的作业簿时常撕掉几页。他画了一只小羊羔,站在一个大土包前。

下了课,我把他叫到办公室,指着画面上的土包,问:"这是什么?"

他说:"沙包。"

我问:"沙包上像头发的是什么?"

他说:"红柳。"

我问:"画画的时候是什么课?"

他说:"算术课。"

我说:"看来,我得去你家家访了。"

他说:"老师,我爸爸不在家,去了也白去。"

我去请教办公室的刘老师,她是沙平的前任班主任,她说:"对于这样的差生,你经常家访,他就不犯糊涂了。"

沙平是住宿生,他所在的连队离营部有七八公里,挨着沙漠,是绿洲的前沿。我数次声称要去家访,沙平总是说他爸爸不在家。但是,他已显出积极的反应,认真听课,作业也不拖拉。渐渐地,我就不那么紧迫地要去他家家访了。但是,我知道,家访迟早得去,我想到"狼来了"的故事,要是狼不来,沙平会以为那只是幻想出来的"狼"。

终于,有一次算术考试,沙平得了九十八分,一跃到前三名。下午放学,他在办公室门前的操场上,显然是在等我。他用鞋尖在地上画着什么。

我走过去,他抬头,说:"谢老师,啥时候……家访我家?"

我看着他脚前的地,说:"抽个空去。你画啥呢?"

沙平像犯了错,低着头,说:"画羊,老师,我上课可是再也没画过羊。"

隔了一天,我又见沙平立在原来的地方。我走了过去。

他喊了我一声,就低着头,脚尖在地上钻,像是要钻个洞。

我说:"这几天吧,我去你家。"

他鞠了躬,说:"谢老师好!"

第二天,同一个时间,同一个地点,沙平还在那里,用脚画着地。

我径直走过去,说:"你爸爸在家吗?"

沙平说:"在家在家的。"

他怕我走错了,就提醒我,穿过连队有个羊圈,羊圈再过去,就是沙漠。他说:"可不要往沙漠走。"

羊圈就在绿洲和沙漠的结合部。远远的,我听见羊叫的声音,多数是母羊和羊羔相互呼唤。夕阳已收敛了沙漠的金色。羊圈旁土坯房的烟囱直直地冒出了烟。

进门,还不等我自我介绍,沙平的爸爸说:"你就是谢老师吧?"

屋里很乱,被子摊在床上。这是个没有女人的家。屋里弥漫着浓浓的羊骚味,怪不得沙平身上总是散发出这种气味。

沙平的爸爸显老,一脸皱纹,使我想到缺水的胡杨树。他拍了拍胡杨木凳子(一截圆木,对剖开,圆的半边植入四根棍子),凳面像着了火一样,起了沙尘。

接着,他用光板羊皮袄的袖子擦了擦,连声说:"坐坐坐!"

我观察着这屋子。他说:"老师,我家儿子是不是又犯迷糊了?"

我说:"我来报告好消息——沙平的学习进步了。"

他说:"嘿嘿,是老师的功劳,上礼拜,平儿回来,已经能数得清羊群了。"

我说:"学算术,不仅是要会数一群羊。"

他点点头,说:"嘿嘿,平儿还数星星呢。"

"数清了吗?"

"天上的星星还能数过来？数不清。我在沙漠过过夜，只是看满天星，看得星星吸着目光滑下来。"

"你放羊，不常回家啊？"

他端来一碗茶水，还摆出一盘馕，说："平儿他娘留在沙漠里，我不死心，就在沙漠里等了她一些日子，她没有出来。"

夫妻俩放牧连队里的一群羊。那天，他留下修羊圈，沙平的母亲放羊，起了沙暴。

"别看沙包平时安安分分，可是，沙漠刮起大风，沙包就乱动起来。"他说。

我没说那次上课沙平画一只羊羔站在沙包前的那幅画。

他继续说："沙包吃掉了半群羊，好像没事儿一样。平儿老是想娘，起先，我说你娘进沙漠放羊，等把一群羊放成两群羊，你娘就赶着羊群出来了，后来，我不能骗平儿了，他背着我，悄悄要进沙漠。"

我还在想沙平那幅画。沙包特别大，像一个帐篷，很可能，沙平想象沙包里住着羊，还有他的娘。我嚼着馕，慢慢嚼出馕的香味。

他说："平儿没了娘，也不跟我说话了，就喜欢画画，画的都是羊。本来，可以在自己连队的小学里，我托了营里的领导，叫平儿寄宿在学校。我知道，平儿看到羊，就想娘，别的事儿我能管，就是管不住平儿想娘，小孩哪知道沙漠的厉害？"

最后，他说："平儿交给你了，你就当他是一只不懂事的羊羔子吧。"

我返回学校，目光铺在操场上，眼角有些湿润。沙平站在操场上，朝着沙漠的方向。他奔过来，喊了一声"谢老师"，就看着我，眼睛像星星那样闪光。

我递给他一拃包馕，说："你爸爸奖励你的。"

我陪他到宿舍，他把馕掰开，分给所有的男生。最后，他交给我两个馕，要我去分给女生。

相 信

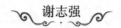

谢志强

阿森死后，其父告诉我，阿森畏水。金木水火土，阿森缺水缺木。所以，给他起名字，就有了淼森，好多水好多木之意。其父说缺啥补啥，要加强。

名字里补了，还嫌不够，得让阿森在现实里亲近水和木。偏偏阿森畏惧这两样东西。

父亲就教儿子学游泳。村旁流过一条河。可是，儿子进了水，就像见到怪兽一样，哭着往岸上逃。仿佛水要吞食他一样。有一回，其父甚至将阿森摁进水里，先习惯水，可是，他还是挣脱父亲的手，逃上岸，远远瞅着河。

父亲叫他阿森，树里的小孩都叫他胆小鬼。

有一次，阿森哭得一脸鼻涕一脸泪。那时，阿森念小学。

父亲说："谁打你了？"

阿森说了村里一个顽皮的小男孩的名字。村里的人，拐弯都沾着亲，论辈分，阿森比顽皮小男孩要大一辈。

父亲说："用什么打的你？"

阿森说："水。"

"没用手，没用棍？"

"就用水。"

"用水怎么打?"

"一碗水,泼过来。"

"痛吗?"

"不痛。"

"该打。"

父亲没上门理论。都是一个村的,抬头不见低头见,何必伤了和气。只是怪阿森没用,连水也怕。可是,阿森犟起来,犟得像石头,那个臭脾气呀!父亲教儿子上树。他逼着儿子爬上树,说:"我就站在你下边,怕什么? 你去掏树梢上的鸟窝。"

父亲不断鼓励阿森往上爬。可阿森从未爬过那么高的树。鸟窝离阿森的头顶不远了,他抱着树,不动了,还不敢往下退,上不去,下不来,一脸哭相。

父亲大概听过一个故事,灵机一动,就采用那个故事的方式来演"情景剧"——张开双臂,做出承接的姿势。父亲喊:"往下跳。"

阿森松开手,像鸟一样,穿过枝叶的空隙,坠下来。睁开眼,阿森笑了,他落在父亲的怀抱里。

父亲说:"相信了吧？不要怕。"

阿森想去掉胆小鬼的名声。有三个小男孩也赶过来看热闹,阿森要显示胆大。

父亲指指鸟窝,说:"再上一遍,掏了鸟窝给他们看着。"

阿森爬到原来的树杈,又不敢动了,因为,鸟窝所在的树枝细多了。他抱着树干,上不去,下不来。而且,又不能哭出来。

三个小男孩在树下喊:"再上,再上呀,胆小鬼不敢上。"

父亲张开双臂,做出承接的姿势。

阿森松开手,像羽毛未丰的雏鸟,穿过枝叶的空隙,坠下来,轻轻地落在草地上。

父亲收起了手,闪在一边。

阿森委屈地看看父亲,憋住,没哭。

父亲说:"还相信吗？我还相信你能掏鸟窝呢。"

三个小男孩离去,远远地喊:"胆小鬼,胆小鬼。"

阿森再也不敢爬树了。一个人的时候,他只是仰望鸟窝。他试爬过几次树,只是刚进入树冠,就不再往上爬了。

那是阿森念小学期间的事情了。等到高中毕业,阿森不但胆小,而且老实。他老老实实地跟父亲种地,到了而立之年,都立不起,还没有姑娘喜欢他,都嫌他没出息。村里的同龄人都外出打工了,没外出的也学了手艺,跑运输,或开小店,跑供销。

村里的房子,就数阿森家的房子落后了——周围纷纷翻建起二层、三层的楼房,阿森家还是老式黑瓦青砖平屋。父母为他娶媳妇的事儿发愁。愁也没用。

阿森的酒量不大,但他喜欢喝个半两一两,喝了酒,就换了个人样,说起话,有胆量,似乎不把别人放进眼里,好像什么事都敢干。

阿森那个村,已渐渐地靠近艾城城区,或说,艾城城区扩张,靠近了那个村。村里已有小餐馆。阿森兜里有几个钱,差不多都投进酒水里了。

酒也是水嘛。这是阿森唯一亲近的水。那天,当年看他爬树的三个小男孩之一阿根,刚好从艾城归来。阿森招呼他陪酒解闷。有人助兴,阿森喝高了,据阿根说:"一斤装,两人对半。"

不知哪阵风送来了河水的声音。阿森口出狂言,说要去河里泡个澡。

阿根说:"你跳进河里可没人救你。"

阿森拍拍胸脯,说:"你以为我是胆小鬼,我跳一个给你看。"

俩人一前一后,跌跌撞撞去了。阿根抱住一株树(离河岸百把米),一个劲地亲,以为那株树是个女人。而阿森径直去了河边。

两个目击者——小男孩,其中之一是阿根的儿子,发现阿森跳进河水,却没露头,立即回村喊,他们知道胆小鬼阿森不识水性。

村里人赶来,已不见阿森的踪影了,于是报警——已是晚上九点十五分。消防员赶来打捞。夜色里,视线模糊,但灯光照出了漂过水面的塑料瓶、浮萍之类的东西。一直搜索到接近零点。后续赶来的专业打捞队还将排钩布放入水,进行地毯式打捞。凌晨一点零五分,终于在距阿森跳水处五百米远的下游,捞出了阿森——身体已僵硬,完全失去了生命的迹象。

阿根也加入了搜索的队伍。他承认阿森是从小的伙伴,一直叫他胆小鬼。他只是想逗逗阿森,没料到,喝了酒,阿森当真了——跳给他看,是不是要证明自己不是胆小鬼? 是不是相信伙伴能够立即救起他?

阿森的父亲蔫了——养到这么大的儿子,说没就没了。他张开双臂,说:"怕水,怎么还往水里跳?"

其父那样子,仿佛站在树下,做出承接儿子的姿势,然后嚅动嘴,却发不出声,似乎在说:"相信了吧? 不要怕……还相信吗?"

距 离

陈　敏

麦豆说,他曾真切地看见过一只精灵。

八岁时的一个早上,麦豆被一个声音唤醒。声音来自他母亲。母亲叫他起床撒尿。麦豆小时有尿床的毛病,贪睡久了,就会尿在床上。

麦豆迷迷瞪瞪爬起来,东倒西歪地向茅房方向走去。母亲叫住他,唤他把尿撒在苹果树根。母亲怕他没睡醒,脚下不稳,掉进茅坑里。

是麦收时节,天亮得早。麦豆便将脚步移到场边的苹果树下,把憋了一夜的尿痛快地撒向苹果树根部的草丛里。

草丛中忽然闪出一个东西,至于它是什么,他几乎没看清。从奔逃的速度上看,像是一只藏匿于草间受了惊吓的小动物。

一定是只老鼠或者什么其他的小动物吧。作为一个八岁的孩子,好奇心让他要将它弄清楚。他定神细看,那个从草丛跑出来的玩意在不远处停了下来,变成了一大坨,看不清面目的黑坨。麦豆盯着黑坨,黑坨就在麦豆的盯视中一点点清晰起来,渐渐地,它的面容依稀可辨,它变成了一只狸猫。狸猫的头圆圆的,脸也圆圆的,眼睛里射出两股黄灰色的光。他盯着它眼中的两道光,他直视,它也直视;他侧目,它也侧目。甚至,当他向它扮鬼脸时,它也向他扮了个鬼脸。直到最后,他没有控制住,竟对扮鬼脸的狸猫笑了一

下,狸猫便在他的笑容中一点点地幻化,终于幻化成了一个人。

那个人是他的邻居廉叔——一个前一天刚从监狱里放出来的刑满释放者。廉叔正在园子里,侍弄着一地的菜苗。

麦豆对廉叔的所有了解均来自母亲平日里的唠叨。母亲像谈论日常琐事一样,谈论廉叔。据母亲说,廉叔是个长相英俊又懂文化的农民,没做过一件坏事,却坐了三年牢。导致他坐牢的原因是他的嘴巴:他骂翻了一辆军用汽车。

一天廉叔在布满泥泞的马路上行走,一辆汽车从身后呼啸而来。汽车的后轮胎把地上的一颗石子弹了起来,石子不偏不倚地迸到他的脑袋上,他的脑袋就被砸出了一个洞,疼得他龇牙咧嘴,捂住流血的伤口,跳脚大骂。他的骂词里带有诅咒成分。他诅咒那辆汽车会翻,那辆汽车没跑多远果真就翻了,翻进了沟底。他随便的一骂只是一时的宣泄,却迎来了他生命中的惨痛,有人亲耳听见他骂了军车,也亲眼看见那辆车在他骂后没跑多远就翻了,证据确凿,于是,廉叔就被告发了。

这件事发生在别人身上或许没人相信,完全可以被说成是巧合,最多也只是说这个人嘴巴毒。可说是廉叔骂翻了汽车,几乎人人都信了。原因简单,他曾有一个会巫术的母亲,尽管他母亲因长年多病,经不起牛鬼蛇神污名的羞辱,早已病死。可巫婆的后代哪有不受遗传的?巫师的舌头哪有不留毒的?时逢动乱岁月,打人抓人死人的事天天发生,亦不容商量。廉叔当场被抓,判刑三年,罪名:骂翻汽车犯。

麦豆望着廉叔,感到他既熟悉又陌生。思绪恍惚,总觉得在记忆中,他曾反复出现过,如同隔世。

母亲隔窗喊他。

没等他向母亲讲述他的所见,母亲已先开口了:"你看见的是个精灵,孩子,对精灵这样的东西,你不能和它对视,也别盯着它的眼睛不放,你得给它留个台阶,让它下去,然后走开。"

母亲说:"所有的人和事,你都别太近距离地去看,看得太清,就不好了。"

麦豆的小脑袋瓜怎能明白如此深奥的理论?他却记住了母亲的话。

很多年后,麦豆在父亲临终前病榻上的忏悔中明白了母亲那番话的含义。是父亲一手告了隔壁的廉叔,也是父亲给廉叔定了一条世界上从没有过的罪名:骂翻汽车罪。

我放弃了那半个圆圈

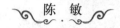

陈·敏

　　高三的时候,别人都还忙得昏天黑地,我父母就早早地替我办全了出国手续,只等我领到毕业证就奔赴美利坚了。

　　我们班上有个人称大P的男生特能说,是班上的超级播音员。他通常的播音时间是早自习播报"体育快递",课间插播"时政要闻",午间休息"评书连播",晚自习则是"音乐时间"。可每次考试他总有本事晃晃悠悠蹭到前几名。班主任拿他没办法,只好让他坐在最后一排,和我这个"逍遥人"一起"任逍遥"。

　　那时候大P又黑又瘦,面目狰狞,读英文像《狮子王》里的土狼,背古诗像刚中了举的范进。

　　真的,后来我们逛动物园,猴子见了他都吱吱乱跑,他倒来劲了,拍着我的头冲猴子们介绍:"This is my pet(这是我的宠物)!"

　　我也没含糊,告诉他:"别喊了,看你的二大妈们都被你吓跑了!"

　　刚和我同桌的时候,有天晚自习他大唱《我的太阳》,我在一旁偷着喝可乐。唱到高音时,他突然转头问了一句:"嗓子怎么样?"

　　我嘴里含着的可乐差点全喷了,气得我重捶了他好几下。他却跟没事人似的,说我打人的姿势不对,所以不够狠。我叫他教我,他倒挺认真,还叫

我拿他开练。

第二天上学见着我，他头一句话就是："十三妹，昨儿你打我那几拳都紫啦！"边说还边将袖子捋给我看。

后来我想，这段感情大概就是从这时开始的吧！以后大 P 一直叫我"十三妹"。我跟大 P 的交情在相互诋毁和自我吹捧的主题下愈加巩固。他生活在一个聒噪的世界里，总要发出各种各样的声响来引起别人的注意，好像这样就能证明他自己什么似的。我习惯了他这样，习惯了看他自己给自己出洋相，习惯了和他一天到晚吵吵闹闹。常常是上课时我替他对答案，他趴着睡觉；吃饭时我吃瘦肉他吃肥肉，因为他需要"营养"；打架时不管他输赢我统统拍手称快。我们像哥们儿似的横行高三年级，要多默契有多默契。

我听过一种说法，每个人都是一段弧，能刚好凑成一个圆圈的两个人是

一对。那时我特别相信这句话。我越来越感到我和大P的本质是一模一样的——简单直接,毫无避讳。

有次我对大P说:"我好像在高三待了一辈子。"

我没理会大P大叫我"天山童姥",我心里有个念头,这念头关乎天长地久。

高中毕了业,大P还是我哥们儿。现在回想起来我们之间其实从来没有牵涉过感情问题,因为我当时觉得好多事没有说出来的必要。我认定了如果我喜欢他,那么他肯定也喜欢我。这还用说吗? 我心里清楚,我走了早晚会回来。因为我找到了我那半个圆圈,以为这就是缘分,任谁也分不开,哪怕千回百转。

临走时大P说:"别得意,搞不好折腾了几年还是我们俩。"

这是我听到他说的最后一句话。我永远都忘不了。

那年高考,大P进了北大。而我刚到洛杉矶,隔壁的中餐馆就发生爆炸,我家半面墙都没了。我搬家,办了一年休学,给大P发了一封E-mail,只有三个字"我搬了",没告诉他我新家的电话。

新家的邻居是一对聋哑夫妇,家里的菜园是整个街区最好的。他们常送些新鲜蔬菜,我妈烧好了就叫他们过来吃。我从来没见过这么恩爱的一对儿,有时候他们打手语,我看着看着就会想起那一个圆圈来,想起大P,心里一阵痛。

我买了本书,花了一个秋天自学了手语,就这样我慢慢进入了这个毫无声息的世界。他们听不见,只能用密切的注视来感应对方,那么平和从容,这是不得安生的大P永远不能理解的世界。

我闲来无事,除了陪陪邻居练手语外,就是三天两头地往篮球馆跑,替大P收集NBA球员签名或者邮去最新的卡通画报,感动得他在E-mail上连连谢我,还主动坦白正在追女生。

我呆坐在电脑前一个下午,反反复复跟自己说一句话:"别哭别哭,这又

没什么不好。"

可到了吃晚饭的时候，我已经流不出眼泪了。爸妈早就习惯了我这副精神恍惚的样子，什么也没问。

再往后就是春天了。我还是老样子，只是手语有专业水准了。大P在我这个"爱情导师"的悉心指导下，已初战告捷。我想，只要他快乐，我也就该快乐，能做他的哥们儿，也不错。

纽约交响乐团要来演出，我背着父母替别人剪草坪，忙了一个月才攒够门票钱。我偷偷把小型录音机带了进去，给大P灌了现场音乐。大P在E-mail里却抱怨我只顾听音乐会，第一盘早录完了都不知道，漏了一大段。我在心里默念着"对不起对不起"，眼泪又流了出来。

6月份我回北京，大P参加的辩论赛刚好决赛。我不想让他知道我回来，悄悄溜进了会场。这一年来，大P变得人五人六了，他总结陈词时所有人都又笑又鼓掌的。我知道他发挥得很好，我早就知道。辩论结束，大P他们赢了。下场时，我看见一个长得挺清秀的女孩笑着朝大P迎了过去。但那一刻我知道，大P需要的是有人临头给他一盆冷水，这样才不至于得意而忘了形。我知道，但这已不重要。

回美国后我的信箱里有两封信是大P发来的。第一封说他在辩论决赛场上看见一个人跟我简直一模一样，他叫了声"十三妹"，那人没理他，可见不是，不过能像成这样，真是奇了。第二封说他现在的女朋友虽好，但总感觉两人之间隔了什么，问我："怎么我们俩就可以直来直去呢？"

我在电脑上打了一封回信，告诉他其实我才是他的那半个圆圈，只是我们再也没有办法凑成一个圆。这封信我存着没发。我没有告诉大P我家的电话。我不想让大P知道我回了北京。我就这样悄无声息地放弃了我的半个圆圈。因为，中餐馆爆炸后，我就只能靠助听器生活了。

麦 季

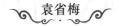

袁省梅

吃晚饭时,爸说:"我腰疼得不行,你替我看场去吧。"我不吭声,自顾自地耷拉着眉眼吃饭。

爸看了我一眼,筷子敲在碗沿,又蹙着眉说:"半大小子了,该替换替换我了,看人家大斌子,长得横有竖有的,接上他老子的力了,不上学,一天能挣好几个工分。"

我还是没说话,可我听出了我爸话里的黯然、无奈,恨铁不成钢的样子。后来,只要一想起我爸,我总是会想到多年前他对我无奈的样子。穿越时光的尘埃,扑面而来,让我莫名心疼。

大斌子,那时也是十七八岁的年龄,长得却壮实,正如我爸说的,横有竖有,一副大人的模样。吃了晚饭,我去喊了大斌子,捏了手电筒,去麦场。

麦场在村子的西边,麦场矮的土墙外就是麦地,一片连着一片,朦胧的夜色里,也空旷,也饱满。风从树上掠过,簌簌响。小虫子在土里,唧唧叫。经了一天的日晒,麦秸垛和麦地散发着一种好闻的气味,热烈,干燥,青草和新麦的香很浓了,让人感到莫名欢腾。

马灯下,大斌子掏摸出一把旱烟和几张窄的纸条,说:"吃烟。"

我卷来卷去,卷不成。

大斌子瞥我一眼，骂我笨，就把一根粗大的烟卷塞到了我手里。

现在想起，我抽烟是从那晚开始的，第一颗烟是大斌子给我的。

月亮出来了，我看见大斌子嘴里叼着烟，微微蹙着眉，学着大人的样子，猛地吸一下，忽地吐出一团白的烟雾，很享受的样子。我只吸了一口，就咳嗽了半天。

大斌子就笑，笑得肆意、畅快，手一挥，叫我走，说到地里摘个天鹅蛋吃。天鹅蛋就是甜瓜。那时，我们这里常在麦地里套种。

麦地里，没运到麦场上的麦捆子在月下，个个站得小学生般老实、呆板。突然，我们听见了剪麦穗的声音，"嚓嚓、嚓嚓"，迅疾、慌乱。

我一下就慌了，脖子木头般僵硬得不能动，双手却紧紧地揪住大斌子的胳膊。

大斌子不叫我发出声响，倏地摁亮手电。一束光在晦明的月色下，虚弱、含糊，却照亮了那人。

竟是老王头。

月亮银白水样明，老王头讪讪地，手遮着眼睛，说："没动麦捆子，就捡点麦穗。"

大斌子仰头看看天，哈哈大笑："是捡麦穗的好时候，不热。"

　　我想劝大斌子放过老王头,别让队长来了看见。大斌子不理我,踢着老王头脚边的布袋子:"眼神挺好啊,捡得不少嘛。"

　　我知道,大斌子恨老王头。忘了告诉你,老王头是我们的老师,他不止一次地批评过大斌子,当然,还揍过大斌子。那时,哪个男生没挨过老师的打呢? 多年以后,想起年少时的顽劣、倔强,倒觉得老王头下手太轻。大斌子还没停学时,就扬言要收拾老王头,当然也收拾过。他给老王头扣在宿舍窗台上的碗下放只青蛙,还给老王头的烟筒里塞了半截砖……

　　大斌子抓过布袋子,冷冷地说:"人可以走,赃物得留下。"

　　月下,老王头佝偻着腰,搓着手,嗫嚅着,不知说了句什么,低下头走得风快,简直是小跑了。

　　大斌子指着老王头哈哈大笑:"慢点啊王老师,别绊倒摔了您的老腰。"

　　月亮隐在了云后,有风吹来,潮润,燠热,烘烘的。

　　大斌子叫我去场院,说:"若有人来,就说我在墙外解手。"过了好一会儿,他才来,手里却不见老王头的布袋子。

　　谁也没想到,第二天晚上大斌子偷了半袋子碾好的新麦,刚出了场院,让队长撞见了。一问,说是想用麦子换甜瓜吃。下牛坡的天鹅蛋,好吃,甜,面。队长气得跳脚,骂他家贼难防。叫来他爸,问咋办。他爸逮了自家一只老母鸡放到队长家的鸡窝,说"肯定是贪吃"。队长哈哈笑,说:"就是个嘎小子。"

　　大斌子跟着他爸回去后,他家的薄门板就关了。再开了门,大斌子瘸着腿骂他爸:"下手真狠啊,好像我不是他亲儿子。"

　　天黑时,大斌子来找我,说:"昨晚倒霉,今晚你得给我放哨。"

　　"还要偷?"

　　"打能白挨?"

　　"那说好,天鹅蛋一人一半。"

　　"饿死鬼啊你。"

那晚,他顺利地偷出半袋子新麦。朦胧的夜色下,他的两条长腿舞得飞快,在小巷子穿来穿去。我追得气喘,也不敢喊。谁知他竟然把袋子放到了老王头家的柴房子。

我问他:"昨晚的也是给老王头?"

他说:"你认为呢?"

我说:"那前几天的布袋子还老王头了?"

他说:"你哪来这么多废话。"

我说:"你不是恨他吗?"

他说:"你喜欢他?那天我是想把布袋子交给队长,从他门口过时就听见他媳妇在屋里骂他犟驴,说屋里都揭不开锅了,还在学校不挪窝。老王头一句不吭,我他妈的听着就心软得不行了,你说我这心是豆腐做的吧?"

谁知,我跟大斌子刚把半袋子麦子放到老王头的柴房子,老王头呼哧从柴房子出来了。他扯住大斌子叫把麦子拿走,他说:"我偷你们不能偷,小小年纪可不能沾染了这坏习气,你们得走正道。"

大斌子呸地吐了口唾沫,甩开他要走,老王头死拽住就是不让他走。大斌子没法子,只好背起袋子,也不理我,气呼呼地走了。

我悄悄地叫他把麦子藏起来,明天换天鹅蛋。大斌子哼了一声,很不屑:"吃吃吃,就知道吃。"

大斌子把麦子倒到了场院。大斌子说:"这个老王头,看我以后怎么整他吧。"

一会儿,他又说:"老王头说的也没错,嗨,这个老王头,我这心软得还真有点不舍得收拾他了。"

后来,大斌子和老王头成了铁哥们,我们几个跟老王头也成了铁哥们。

一个陌生的排球

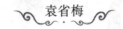

袁省梅

张红是初三快结束时转学来的。张红来了后,袁雪亮就不再是女生的中心了。

袁雪亮学习成绩好,同学喜欢,老师宠爱。她的内心就骄傲得不得了,给同学讲题或者收发作业时,说着话就不耐烦了,皱着眉头,把手里的书当成扇子,哗啦哗啦地扇着,还大呼小叫:"懂了没?到底懂了没?笨死了!"

同学若还是不会做,她的嘴里就会嘟囔出一大串动物名字,如"猪狗猫驴马牛"。同学羞得脸红脖子粗也没奈何,还得赔着笑脸。袁雪亮是班长,谁敢得罪她?由着她骂吧。

张红来了,班里的格局一下子就发生了变化。张红学习好,作业按时完成,袁雪亮拿不住人家的错,况且,张红带来了一个排球。袁雪亮没见过排球,同学们都没见过排球。体育老师的宿舍床下有个篮球,上体育课也不拿出来让学生们玩。张红刚把排球从网兜掏出来,同学们就呼啦啦把她围了起来。

正是课间操时间。跟袁雪亮一起玩沙包的同学一个都没了,都跑到张红身边看排球去了。袁雪亮抓着沙包,瞅了张红一眼,扭脸进了教室。

袁雪亮坐在教室里等着上课。袁雪亮知道她的风采在课堂上,在难题

上。课间操后是一节几何课。袁雪亮那节课的反应让老师惊讶、欢喜，按捺不住地夸奖她，用尽了好听的词儿，反复地叫同学们向袁雪亮学习。

可是，一下课，袁雪亮就蔫儿了。她的磁场不能把同学们吸引到她的身边，她又不愿向张红和她的排球走去。她坐在课桌前，翻看一本书，眼睛盯着书，耳朵却一点儿不漏地捕捉着教室外的动静。教室是土坯房，同学们在院子里的打闹玩乐的声音很清晰地传了过来。袁雪亮就有点儿恨那些同学，当然，还有张红。对于他们，她一个也不想理会了，谁要问她作业，休想。袁雪亮抛过去的是长了刺的狠话，蒺藜般，石子般，砰砰砰，砸得同学们又恨又气馁，也有些无奈了。作业不完成哪行？末了，他们还是涎着脸去讨好袁雪亮。袁雪亮等同学把好话说尽了，才从孤独深处走出来。怎么说呢？她又委屈又郁闷，给同学讲着题，也没了前些日子的骄傲和开心。她知道，等她讲完题，他们就会去找张红。

袁雪亮想，张红来请教问题就好了。可是，她等得山高水长、云散水流，都没有等到张红来。原来张红根本不在乎成绩的好赖。张红说，中考完，就上体校。袁雪亮听到这一消息，就更气闷了，没来由地，头上像是被罩了个罩子,压抑、难过,她竟然失眠了。

老师看到袁雪亮萎靡、恍惚的状态,就着急得不行。中考就要到了,袁雪亮是老师手里的一个宝啊。老师找袁雪亮谈话,问来问去,袁雪亮低着头,不说话,脚尖在地上画出一道道白印子。院子里张红跟同学们的玩闹声挤了进来,是太热闹了。袁雪亮听着,突然想哭,她真的就哭了,眼里挖出一口井一样,泪水咕嘟咕嘟往外冒。

有一天,张红的排球穿过洞开的窗户打在了袁雪亮的课桌上。张红气喘吁吁地跑进来,连声说"对不起"。

袁雪亮手里抓着排球,竟不知该怎么办。张红也不要球,拽着袁雪亮,说:"玩去吧,老做题,有啥意思?"袁雪亮心里咯噔一下,脑海里突然一片空白,她不知道怎么应付张红了,就一闪,躲开了。

张红说:"别做了,玩去吧。"张红说得诚恳,好像是恳求了。袁雪亮觉得胸口有些东西轰然坍塌,她心里还在骄傲地拒绝着,脚却跟着张红到了院子。原来,她一直等着张红来叫她。袁雪亮抓着排球,心里揣了只小兽般,却突然感到如释重负了。

打完球回到教室,袁雪亮从笔记本里抽出一张粉色带香味的信纸给张红。

张红接过袁雪亮的信纸,给了袁雪亮半块带香味的橡皮。袁雪亮知道,这种橡皮叫糖果橡皮。袁雪亮看见张红的文具盒里还有半块,她的心莫名地欢腾起来。她喜欢这小小的半块橡皮。要是张红给她一块,她肯定不会要。

张红看着袁雪亮,突然说:"雪亮你真好看,跟电影明星一样。"

张红说着就把一张电影明星的大头照给袁雪亮看。袁雪亮知道自己没有人家明星那么好看,可听张红这么说她,好像她真的跟电影明星一样好看了,她心里就欢喜得不得了。

袁雪亮咯咯咯笑得好开心。袁雪亮觉得自己好久都没有这么开心地笑过了。

生活一种

崔　立

　　我去商场进行现场签售新书。购书、等待我签名的读者，排着长长的队伍。我抬起头，就看到人群中有个女孩，踮着脚，热情地朝我挥着手。

　　一会儿，我听到了一个热情洋溢的声音，说："李老师，我终于看到您真人了。"

　　眼前，正是刚才挥手的女孩。我说："你好。"

　　女孩说："李老师，您可知道我有多崇拜您吗？我听说今天这里有您的签售会，我激动得一夜都没睡好，我……"女孩不停地对我说啊说，我早已把她的书签好了名。

　　我只好提醒说："谢谢你的支持，你看……"女孩恍然有些明白过来，看到了身后等待签名的人群。我还没反应过来，女孩往我手里塞了张小小的纸团，然后赶紧离开了。

　　晚上，坐在书桌前，我打开了那张纸团，上面留了个手机号，还有一段文字："李老师，请您一定要给我打电话哦。刘梦。"

　　我随即就把纸团塞进了抽屉。

　　一周后，我无意中打开抽屉，又看到了那张纸团。也不知为何，我想了想，按着上面的数字就拨了过去。电话响了三下，是一个女孩的声音："喂。"

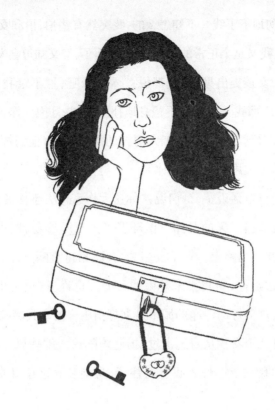

我说:"你好。"

女孩很警惕,问:"你是谁?"

我说:"我是李石。"

"李石?啊,您是李石老师啊!"电话那端是惊喜的声音。

那一天,我们聊了很多。女孩对我的那些书如数家珍般,一本又一本,甚至连书里的一些小情节都娓娓道来。这让我也难以挂掉电话。

那天的聊天,女孩还加了我的QQ做了好友。女孩说:"我想,我们一定会聊得很好的。"在QQ上聊了一段时间,女孩说:"李老师,我们见面吧。"

女孩还说:"李老师,您知道吗?我特崇拜您特喜欢您爱您,我真的迫不及待地想见到您。我就想紧紧依偎在您身边,希望从此就再也不离开您了……"女孩这么赤裸裸地表白。

半天,我只好说:"你也知道,我有老婆孩子,你还小,应该找一个更适合你

的男孩。"我匆匆地下了线。不知怎么的,我突然有些怕,怕和女孩见面。我是个敏感的作家,我又是个正常的男人,若真见面了,谁又知道会发生什么呢。

后来再聊,女孩提出见面,我都说:"看缘分吧,说不定我们不约定也能见面。"女孩说:"那我一定会奋不顾身地扑向你,并且抱住你。"

我看电视,看到新闻里环卫工人清扫的画面,看着他们挥汗如雨。我忽然来了兴致,最近文思枯竭,也想体验一下类似的感觉。有个哥们在环卫所做领导,我给他打电话说了,哥们说:"你这大作家想法还真多,行,你来吧。"

说好了,我清扫三天的马路。做环卫工人真不容易,四点半就起了床,五点准时出现在了马路上。扫了没多久,我就累得直喘气。天亮了,有匆匆而过的行人身边走过,朝我投来鄙夷的目光。也许,这也是生活的一种吧,他们似乎忘了,这美好而洁净的城市是谁打扫出来的。我暗暗地想。

第三天,有几个女孩从身边走过,扬起阵阵怡人的香风。有个女孩不经意地回头,看到我吃了一惊。我也愣住了,是刘梦。这还真是缘分到了啊。我张了张嘴。

我想起了刘梦的话,我在想着她若扑向我抱住我,我要不要闪避,毕竟身上那么脏。刘梦似乎停顿了下,却并没做出我想到的动作,身边的几个女孩看了看我,问她:"你认识?"

刘梦竟摇了摇头,说:"不认识。"然后,和其他几个女孩,头也不回地走了。我愣愣地站在那里,半天没回过神来。

晚上,我打开电脑,隐身上线,看到了女孩的QQ留言:"我今天看到一个环卫工人,长得很像你。不过他穿得很脏,身上都是汗,看着很不舒服,令人作呕。"

那段文字,我看了好久。我没有回复,微微叹了口气。

几天后,是我的又一场签名售书活动。长长的等待签名的队伍里,我又看到了刘梦,朝我热情地挥手。轮到她时,刘梦小声说:"李老师,我们终于又见面了,我真想在这一刻快速扑向你拥抱你。"

我头也没抬,喊:"下一个。"

少年往事

崔 立

少年是在那个春日的午后敲开校长室的门的。少年的手中拿了一块椭圆形的石头。春日午后的阳光暖暖的，但少年的心却是冷的。

校长正在房间里忙着做学校下阶段的工作计划，就听见门被"砰砰砰"剧烈敲击的声音，声音很大，是被什么重物碰撞而发出的。校长站起身去开了门。校长看到门外一脸冷峻的少年和少年手中那块石头，石头的一角尖尖的。

校长很自然地看了少年一眼，说："是你敲的门？"

少年点了点头。

校长说："有事找我？"

少年说："是。"

少年就跟着校长进了门。进门后，少年看也没看校长，径直坐上了校长室那张柔软的真皮沙发上，而那块石头，依然还在少年的手中，紧紧握着。

校长微笑着说："谈谈吧，什么事？"

少年想了想，说："我有个要求，学校能不能不要把我的成绩单交给我的父母，或者说，这个成绩单上的分数是多少，由我自己来填……"

校长听完，看了少年一眼，问："你现在读几年级？"

少年说："初一。"

校长说："有成绩单吗？给我看看。"少年就从随身携带的书包中拿出了一份成绩单，校长随手翻阅了一下，看到成绩单上触目惊心的火红的数字。

掩上成绩单，校长浅浅一笑，说："你觉得我会答应吗？"

话音刚落，少年的眼神中顿时放射出骇人的光亮来，那块石头，也被少年攥得更紧了。但校长对少年的动作的回应依然只是微笑。

片刻后，校长轻轻站起了身，给少年倒了杯水，然后，又给自己办公桌上的茶杯里续了些水。校长坐在少年对面，说："我可以答应你，但你得先听我给你讲个故事，你再决定接下去该干什么，可以吗？"

少年满是不解地看了校长一眼，说："好。"

于是校长就给少年讲了个故事。一个和少年一般大的孩子，因为学习成绩不好，经常是把成绩单一带回家，就遭父母的一顿责打。有一天，孩子真的受不了了。深思熟虑后，在一个有风的晚上，孩子拿着一把小刀敲响了班主任老师的门。孩子的要求很简单，希望老师能给他加到六十分。老师很认真地想了想，最后老师告诉孩子，可以同意他的要求。但老师也有一个要求，就是希望孩子能考上重点高中。当然，如果孩子做不到，老师就会把孩子这几年真实的成绩单打包寄给他的父母。孩子经过一番考虑后答应了老师的要求……

故事说完了,校长看了少年一眼,说:"我可以同意你的要求,但我也希望你能和故事中的少年一样,不过,你觉得你能考上那所重点高中吗?"

那所高中,不仅是如少年这样的差生所望尘莫及的,即便是全校成绩优秀的学生,也未必有把握考上。

校长还说:"当然,如果你考不上,我也会和故事中的老师一样,把你这三年所有的考试成绩,全部打包寄给你爸妈。"

校长的话刚说出口,少年着实愣了半晌。少年看着校长那得意的表情,想放弃又有些不甘心。半天,少年咬了咬牙,说:"好。我答应你。"

于是,每个学期期末,少年会把考试成绩单交给校长,由校长负责保管。当然,校长也会交给少年一份空白的成绩单,由少年自己负责填写。

在两年后那个夏天来临的时候,拿着那所重点高中录取通知书的少年在校门口堵住了正要出门的校长。

校长笑笑着看着少年,说:"我知道你会来找我的。"

少年有些意外,说:"为什么? 你知道我会考上?"

"那当然了。"校长笑了,"不然我怎么能做校长呢。"

少年在校长的微笑中从怀里掏出了一个纸包,纸包慢慢摊开,里面是一根针,一根很细很细的针。少年问校长,"你知道这是什么吗?"

校长看了半天,摇了摇头。

少年笑了,说:"难道你不记得那年的那块石头了吗?"

少年还朝校长鞠了个躬,说:"校长,谢谢你,是你让我这块石头,在今天,也磨成了一根针。"少年想了想,又问:"对了,能告诉我那个孩子后来考上那所重点高中了吗?"

校长微笑着说:"我只能告诉你,那个孩子就是我。"然后,校长继续微笑着看着少年,说:"你还有什么不明白的吗?"

相 约

崔 立

那一年,高考结束。有同学建议:"我们去周庄吧"。一个班的四十多个同学,几乎都同意了。张扬偷眼看到不远处的杨雪也举起了她白嫩的手,张扬于是也急急忙忙地举起了手。

到周庄时，已是下午。按照负责组织的同学安排，大家在周庄逗留一晚，第二天午饭后返回上海。

一下午，大家都玩得不亦乐乎。逛周庄老街时，杨雪和几个女同学先是在队伍前列，不知道是不是女孩天生好奇，看到老街两侧那些店铺时，她们就会被吸引，走进店铺，翻翻这个尝尝那个，还会买上一两件小物品，或者买上几样老街的小吃。

边走边吃倒也别有滋味，不过杨雪她们走路的速度却慢了下来，差不多在队伍的最末端了。张扬原本是在杨雪她们前面的，走着，也等着，慢慢地走，慢慢地等，最后竟落到了她们身后。

一个叫丁勇的同学打趣了张扬一句："张扬，你是不是午饭没吃够，没力气走啊？或者是这路边的诱惑太多了？"

张扬脸一红，说："你说什么呢！"

张扬不好意思再慢走了，快走几步就超过了杨雪她们，跑到了前面。

逛了个把小时，大家围拢着到了河畔，那里摆了几十条载人的小游船。有同学建议说："要不我们一起划船吧。"大家都说行。毕竟是为放松而来的，玩什么都是可以的。

游船太小，一艘船只能坐两排六个人。几个同学租了一条船，船主摇着船桨就划出去了。又几个同学上了船。轮到杨雪她们几个女同学上船时，才发现她们一共五个人，少一个人。

有个女同学和丁勇关系好，喊："丁勇，丁勇。"喊的是丁勇，不知怎么的，张扬的脚步动了动，就走近了船。见此，女同学就说："张扬，上船吧。"

张扬点点头，就上了船。杨雪的一边是一个女同学，另一边正好是一个空座。张扬刚在那个空座上坐下，就闻到了一股馨香。应该是杨雪身上的味道，张扬的心头莫名地纷乱起来。

船在河中慢慢地晃动，张扬的心也不停地在晃动。张扬咽了口唾沫，说："杨雪。"

成长·青春是最温柔的悬念

杨雪转过头,说:"怎么了?"

张扬说:"你,你买了许多东西啊。"张扬其实是想问:"你来过这里吗?"

杨雪说:"是啊。"杨雪挺慷慨,拿出了吃的东西,"张扬,你尝尝?"

张扬的手摇得像拨浪鼓,说:"不,不,你吃吧,我不是问你要吃的。"

杨雪就笑了,船上的其他女同学也笑了。张扬的脸更红了,接下去,再也不敢说什么了。晚饭后,杨雪拉着几个女同学去瞎溜达。回来时,看到了张扬,他似乎等候多时了。

张扬说:"杨雪……"

杨雪问:"张扬,有什么事吗?"

张扬想说"我喜欢你",但他不敢,因为她身边有别的女同学。于是他从口袋里掏出了一张小纸条,迅速地塞到了杨雪手中。

做这动作时,张扬的脸早已涨得通红,转过头逃也似的离去。纸条上写的是:"后天下午三点,我们在光明中学门口见面吧。"光明中学是一所很有名的高中,离张扬和杨雪他们学校有十分钟的车程,这样也是避免被熟人看见。张扬想,在那里,他要向杨雪表白。那一天,张扬两点半就到了。张扬的心忐忑着,等待着杨雪的到来,三点,杨雪没来。四点,杨雪还是没来。眼瞅着快到五点了,依然没有杨雪的身影。

张扬仅有的那点儿希望,完全变成了绝望。也许,杨雪是在变相地拒绝自己吧?张扬摇摇头,心似乎是在一点点地破碎。

时光匆匆,不觉间已过去了十几年。张扬去昆山谈业务,想起了周庄,也想起了杨雪。时间还早,张扬忽然想走走以前和杨雪走过的老街。

依旧古色古香的老街上,有许多男孩女孩,就像那年的自己和杨雪还有同学们一样。女孩们似乎对什么东西都很新奇,而男孩们,要么就是走得很快,要么就是很无奈地等待着女孩们跟上来。张扬想着,要是那年杨雪答应了自己,他们俩现在的生活是不是会很幸福美满呢?

那一天,真像是回到了过去一样。回到自己所在的城市时,张扬就想驱车在光明中学周围转一圈。自那一次相约后，张扬一直是避开那里走的。

经过光明中学门口的那条马路。张扬打了下方向盘，小转弯开过，也是一条马路。

然后，张扬的眼瞪得大大的。那里，竟然也有光明中学的一个大门。

沉睡的大师

梅 寒

　　一颗珍珠被埋在土里,它依然是一颗珍珠,等到尘埃剥落的那一天,珍珠依然会光彩照人。就像人间很多大师,活着的时候默默无闻,光环却在他们死后照耀千秋。十年心血泪,打磨出红楼一梦的曹雪芹老先生,死后一部《红楼梦》让他稳坐中国文学殿堂的最高宝座;生前穷困潦倒只得开枪自行了断的梵·高先生,死后一幅《向日葵》卖到天价……这些人都是曾经被埋到土里的珍珠,也被称为沉睡的大师。

　　这些珍珠的被掩埋与被开掘一样,有着同样复杂的背景与原因。但有一点却是不容置疑的,那就是,被埋到土底下的首先是一颗珍珠。这些珍珠的出土,也都要经历一个艰辛的历程,要么是时间,要么是机遇,缺了这两者,珍珠可能也就是永远被埋在土里的珍珠。

　　现在,这些沉睡在土里的珍珠有了更多被发现的机会了。因为世界上终于有了以此为职业的人,我们统称这些人为专家 ABC 吧,也可以称鉴宝专家。专家 ABC 的工作看上去很深奥也很神秘,明亮的日光灯底下,他们戴着一副金丝边儿眼镜,再举个放大镜,他们把那些被收藏者们放诸面前的珍珠的作品——珍珠早已去另一个世界了,显微镜也找不回来——小心地铺展开来,然后平心静气,一点儿一点儿挪动着自己的手中的放大镜,脸上慢慢展

现出一种代表答案的神情来。惊叹,镜片后的眼睛便无端地睁大了;惋惜,镜片后的脑袋便轻轻地摇动了。

那两个动作,就基本给那些"珍珠"们定了前程——价值连城,或一文不值。

看旁边那些眼巴巴盯着专家的脸等待宣判的人——收藏者们,你就能明白,专家ABC的工作在眼下有多么吃香。

当那个浑身被泥巴裹满又被放到自来水里洗净的女人雕塑被送到专家ABC的面前时,专家们的眼睛一下子就亮了。那个已经在几百年前就已经离开人世的天才雕塑家简,与梵·高可谓同病相怜,他的雕塑作品,生前几乎无人问津。但他比梵·高坚强,他没选择自杀,而是杀了他的那些作品。雕塑家门外就是一条常年奔流不息的蓝色河流,他把自己几乎所有的作品都投进了河里。然后,改行去做了别的,他在穷困潦倒中老死。再后来,他成了那颗光彩熠熠的珍珠,被人从历史的河底打捞上来。

"看看,这么简洁的构思,这么富有表现力,鼻子这样长,嘴巴这样小,却透出一种淡淡的忧伤。这样柔和的线条,代表了一种东方女性的美……除了雕塑大师简先生,还会出自谁的手笔呢?大师的作品在地下沉睡了几百

年,今天终于得见天日……"专家 ABC 耐心地向人们解释。那样的解释,既权威又有着极强的煽动力。如果简大师泉下有知,一定也会吃惊得下巴掉下来。那个曾经连一块面包也换不回来的破雕塑,如今可以买下一座城。

简大师真品被打捞出土的消息在那个城市不胫而走。那个城市为之沸腾了。

那三个艺术系大学生看到这个消息时,吓呆了。天,那个女人,那个鼻子老长嘴巴很小满脸忧伤的女性雕塑,不正是他们前段时间扔到河里的那个毕业设计吗? 他们三个人花了整整三个晚上才完成的一件作品,却怎么看怎么觉得别扭,一气之下,就把它扔进学校不远处那条河里。没想到,它竟然这么快就被"打捞"上来。更没想到,那条河的河岸上,几百年前曾住一位雕塑大师。

做人得讲诚信,这事不能再闹下去。三个年轻人倒还勇敢,他们要为自己的错误承担相应的代价——站出来说明情况,向专家、向市民承认错误。

可以想象,当他们三个站出来说那其实不是简大师的作品,而是他们没做好的毕业设计时,世界有多么震惊。

"怎么可能? 弥天大谎!"专家 ABC 愤怒得连眼镜滑下来都没空去扶了,陪着专家 ABC 一起震怒的自然不只那个收藏者,还有被愚弄的观众。他们高呼着让那三个年轻人赶紧滚出去。

"怎么不可能? 请相信我们,真的……"三个年轻人更加急切地向世界解释。

世界更加坚定地不相信:"年轻人,想出名要走正道。"

好在,三人中有一个还算机灵,他说:"给我们工具与材料。"

两天之后,一具女性雕塑赫然摆在专家 ABC 和众人的面前,长长的鼻子,小小的嘴巴,忧伤的表情,柔和的线条,与从河里打捞上的那一具如出一辙……

克隆十三亿

巩高峰

无意中发现,我微博里私信来往最多的,竟然不是特别铁的朋友,而是一个只见过一次面的大学生,小吕。"九零后"的小吕今年大四,即将毕业,所以近几个月他发给我的私信越来越多,且充满了焦虑、失望和担忧。翻了翻记录,最早的一条私信竟然是 2010 年的,那时我刚刚开通微博,小吕刚进大学买过我的书,因为好奇,通过微博联系上了我。

早期的聊天,小吕满腔都是刚入大学的新鲜和好奇,他让我帮他列经典文学书单,向我倾诉关于选错专业的苦恼、对集体生活的困惑、与女同学青春萌动又羞涩的交往……我很诧异当年自己竟然有如此的耐心,逐条给他灌输心灵鸡汤:"多看书,别在无聊的事上浪费太多时间,有条件多旅行,没条件多打工。"

当时小吕的精力都在换专业上面,他看了俞敏洪 2008 年在北大开学典礼的演讲视频之后,打了鸡血一般,整整努力了一个学期,最终改了专业,因为他相信兴趣是一生的动力。

之后,我们的私信大多围绕"什么是成功"这个话题,聊天中慢慢有了激辩的味道。转眼小吕已经大二了,不再让我帮他列书单,反而向我推荐他认为的好书,俞敏洪、冯仑、李开复、潘石屹、唐骏……不列书名看作者,都是成

功人士青年导师,如雷贯耳。小吕还抑制不住激动,向我描述俞敏洪到学校演讲时的盛况,以及他是如何PK掉无数同学弄到两个签名,并凭此令女同学终于点头跟他确立恋人的关系。

　　大二的小吕在熟读这些导师的自传,看遍他们的演讲视频后开始身体力行。他说他要争取走最少的弯路,花最少的时间和精力,最快踏上成功的红地毯。小吕告诉我,大一时他有点儿迷茫,只知道埋头读书拿奖学金,现在不一样了,他方向明确、脚步坚定,要追随导师们的脚印,争取毕业之前就能靠创业或者卖创意养活自己以及女朋友。为此,小吕和同学成立了工作室,并且两个学期挂了六科。这想法倒是可以用唐骏《我的成功可以复制》来解释,即使现在我也能从私信中看出当时我的无奈。我问他:"唐骏说他的成功可以复制,可是李开复说乔布斯的成功不可以复制,怎么办?要不想办法让导师们先PK一下,赢的那个再回来给大家演讲?要是唐骏赢了,就把他抓去克隆十三亿个,好吗?"

　　我们俩的争论还没结论,唐骏输了,他学历造假的事闹得沸沸扬扬,小吕的大三也快结束了。这一阶段小吕明显有些沮丧,私信里充满了动摇和浮躁。他一边对同学沉溺于网络游戏进行指责,一边又哀叹自己看书越来越少,上网越来越多,一无所获。小吕坚持要跟我见一面,见面时他送了我一本冯仑的《伟大是熬出来的》,说那是他最现实最真切的心态。然后,他从包里掏出五六本我的新书,让我签名,好送给他的同学。见面聊天没有摆脱私信的模式,他一边在导师崩塌和自己的失败中感慨、失望和消极,之后又忽然对我的生活方式表示了兴趣,因为他突然觉得,找一份能养活自己的工作,同时又能写写专栏和小说,偶尔出本书,也是权宜之下可以接受的生活。

我还记得,那天我一直跟他解释做一份自己不感兴趣的工作会很痛苦。很长一段时间过去了。小吕在微博里羞愧地告诉我,我的书他没看几页就放下了。他已经很久不读考试之外的书了。

我问他在忙什么,回答是五个字:"准备找工作。"

找工作这事我帮不上忙,只好闲聊让他放松。

我问他,在他们眼里,怎样才算成功的大学四年? 他说:"大一考好成绩,拿奖学金,这样以后找工作或留学,简历会好看一点;大二考级,无论是英语四六级还是托福、雅思和各种专业考证,多多益善;大三要有考研的心,但要两手准备,一边实习积累经验一边准备考研最周全;至于大四,专心复习考研,或者赶紧找工作,越早拿到 offer 越从容。"

我岔开话题,问他恋爱谈得怎么样。他没有直接回答,而是说起了同学的选择——工作一确定就相亲,大家条件彼此差不多就成,重点是家里帮忙付首付,自己还房贷压力小点儿。

我真不知道这天儿还怎么聊下去了。

小幻想

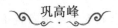

巩高峰

天擦黑的时候，我悄悄躺到床上，一动不动。

我没盖被子，甚至没穿衣服——因为我不知道自己会从身体的哪个地方开始发芽。

是的，我准备好接受自己开始发芽了。

上床之前我告诉我妈，晚饭我不吃了，我不舒服，也没胃口。其实，我是

想自己一个人静静地等待那一刻的到来。这些天，不，是这些年来，我一直有一个预感，就是我表面看起来是个人，实际上，我是一种植物，一种还没发芽的植物。

我不知道这个念头开始是从哪里来的，反正我知道自己是一种植物。如果可以，我最好是一棵树，那种越长越高越长越直的树。当然，这只是希望，我具体会是哪种植物，都还没发芽呢，谁知道结果呢？

但是我知道，升入五年级之后，我一直期盼的那一刻离我就近了。我能预感到，这种能力是植物的天赋。这个想法其实早在三年级的时候就有了，不过我一直以为是幻想，所以谁也没敢告诉。可是那天看到一张画，画的是一个头顶长出一棵树的小男孩，他满脸微笑，像一道光瞬间照亮了我。

我一直在奔向这一刻，我逐渐吸收了水，也接受着阳光，呼吸着空气——条件上万事俱备，已经等了两年多了。你看，我的衣服总是很快就小了，裤子经常就莫名短了，大脚趾不经意就拱出了鞋子，就连头发和指甲都越剪长得越快。

我知道，我得抓紧时间发芽，否则一旦暑假过了就读初中了。读了初中，就只能是人了，身体里的那颗种子就将永远处于睡眠状态，再也不会有发芽的蠢蠢欲动。

天刚擦黑，我就把自己洗得干干净净，打开窗户，躺在床上，把自己埋进暮色里，黑暗就是土壤。我还特意选好了时间，暑假刚开始。因为一旦我发芽之后不是长成参天大树，而是一棵不太体面的植物——比如像我家后院那棵臭椿，除了招臭虫一无是处——那样我爸妈也好有足够的时间做点儿什么，好掩盖我变成一棵臭椿的家丑。

窗外的天空从灰黑变成深蓝之后，星星慢慢都出来了。我知道，露水也肯定都下来了——对我来说，以后的每一滴露水都很珍贵。

我隐约听到厨房里我爸我妈我姐他们边吃饭边说笑的声音，他们肯定想不到，明天早上开始，他们再也不会跟我坐在一桌吃饭了。明天天亮后家

里就会少一个人,床上会多出一棵树,根扎在床下的土里,枝叶从窗户伸出窗外……我没法跟他们告别了,因为我越来越昏沉乏力,肚子咕噜噜响。我知道,我久久等待的那一刻终于要开始了……

黑暗竟然温暖又潮湿,不像土壤,而是像被子一样,把我慢慢淹没到一个深坑里,一点一点把我掩埋。在我的眼睛被盖上之前,我看到大地一片平坦,并没有凸起哪怕一个小土包。

可奇怪的是,埋入土壤之后,我依旧可以呼吸,空气甘甜湿润,还带着阳光的温度。很快,我浑身微微发痒,我又膨胀了一些?那我到底是从哪里开始发芽?脚底板?胳肢窝?指尖?头发丛中?我当然不希望是从眼睛、耳朵、鼻孔或嘴里发芽,眼睛太疼了吧,嘴是要呼吸的,耳朵则要留着听自己拔节的声音,那就只剩下鼻孔了——可是如果从鼻孔发芽,我会一直打喷嚏的吧?

我万万没有想到,最后竟然是从肚脐眼里发芽。

我原来一直以为肚脐眼百无一用,就是个摆设。可现在,肚脐眼周围微微发热,其后我看到一根又一根树须一样的东西绕着肚脐,慢慢走遍全身,它们像网一样密密麻麻。这之后我才忽然明白,那是根。

等到肚脐眼那里真的有撕裂一般的疼,然后又开始凉飕飕的时候,我终于看到自己发芽了:先是两片黄绿的叶瓣,被一根脆生生的茎顶着,慢慢上升,像极了电视里的那些慢镜头。接着,叶瓣从两个变成了四个,然后是八个,茎越来越粗。等到我慢慢意识到自己其实不是一棵树,而是长成一根藤蔓的时候,那根茎已经绿得发黄,遒劲健壮。

是的,我长成一棵健康而结实的西瓜。

我竟然不是一棵树?这一切完全打乱了我之前的预测,让我有点儿措手不及。我想象过无数次,每次我都是树啊,只是品种不同而已。

不过好在西瓜我也不讨厌,恰恰相反,所有水果里我最喜欢西瓜。小的时候吃西瓜不小心把种子吞进了肚子,我甚至想象过那种子是怎样借助我肚子里的营养，一点一点发芽，再从我嘴里长出来的。

如今不是从嘴里长出来，而是肚脐眼。

事已至此，我很快接受了这个现实，开始默默关注下一步。

不多会儿，我已经在地面上蔓延出一片瓜秧了，每条枝蔓都很健康。很快，我冒出了花骨朵，而花骨朵的屁股后面跟着一个绿绿的小球，比玻璃球小一点儿，也没那么圆。

我简直不敢相信，我竟然这么快就结果了。那个小西瓜却一点儿一点儿在长大，瓜身上的绒毛越来越短、越来越淡，纹路却越来越清晰。

我莫名有些累，于是提醒自己别睡，也别停，既然我是一棵西瓜，就得把西瓜结好。可是我越来越困，我能看见自己结出的那个西瓜一直在长，已经大过我的肚子。

我一丝力气也没有了，身体也丝毫动弹不得，连睁眼睛也变得越来越困难。地面上一会儿刮风，一会儿下雨，一会儿出太阳，每一秒过得都像我的一天那么长。

我终于耗尽最后一点儿力气，沉沉睡去……

我知道，作为一棵西瓜，我已经耗尽了所有。尽管没能心想事成变为一棵参天大树，我也认了。我只是没想到，我还能醒过来，还能睁开眼，看到太阳。

第一眼，我模模糊糊地看到的是我妈的笑脸。她用手背试了试我的额头，一边感叹"烧终于退了"，一边嗔怪我"睡觉不仅踢被子，还脱光了衣裳"。

就在我暗暗努力说服自己这一切是真的之时，我妈将我托起身来，语调异常柔和，说："快起来，快中午了，准备吃西瓜。这可是今年地里结的第一个西瓜，一看花纹就知道是沙瓤。"

我的目光越过我妈的肩膀，看到我姐正吃力地抱着一个水淋淋的大西瓜放到桌子上。按我妈的习惯，西瓜一定是在井水里泡了半天了。

可是，那个西瓜的大小、花纹、形状，无一不透着一种诡异的眼熟……

小伙伴

巩高峰

我们家一直就没断过养猫。

家里当然也养别的,各有各的用处嘛。养牛是下地耕田的,养猪是养肥了好杀了过年的,养狗是看门的,养鸡是因为它们能下蛋。

养猫,当然是捉老鼠的。

我早已忘了第一只猫来到我家的情景,因为那会儿我还没来到这个世界上。在我小学毕业的那个夏天,暑假开始的每一天都很空洞——紧张的考试之后是坠落般的失落,没有暑假作业,没有预习复习,而且一起玩儿的伙伴们走亲戚的走亲戚,补课的补课,我一个人百无聊赖。正因为这样,形单影只的我才留意到我家的那只猫竟然是只标准的美猫——猫身是灰、黑、深黄三色,虎纹一般整齐均匀;尾巴又粗又长,和身体的比例恰到好处,让猫看起来矫健修长又不失优雅;猫的眼睛是清澈的琥珀色,瞳孔中间的墨黑纯净而深邃。

连我妈也说不清楚,这只猫在我家已经是第几代了,反正它们也一直都用同一个名字——咪咪。每一代咪咪似乎都是眼前的这个样子,连体型都没变化。讨喜的是,咪咪们继承着勤快高效的基因,所以我家一直没有被老鼠祸害,以至于我第一次见到老鼠的样子,是在我们班的《自然》课本上。

那个午后，家里人都在睡午觉，院子里因此异常寂静，连树上的蝉都不叫。从来不睡午觉的我意兴阑珊地坐在门槛上，托着腮，看着天。外面的太阳很大，没有风，整个世界似乎都和我一样，完全放空。

咪咪在院子里用各种姿势伸着懒腰，我无聊地唤了它两声。确定我是在叫它之后，咪咪试探性地朝我走了几步，尾巴微微一甩，尾巴尖朝上弯到面前，坐在地上认真地看着我。

我和它整整玩了小半天。等到我爸妈打着哈欠出门，太阳已经西斜，天气开始凉爽下来。我拽着咪咪的尾巴，让它原地打转，它也不恼。我还撺着它爬上树杈，下来时它嘴里竟然叼着一只蝉。什么都玩腻了，我看着院子里两棵树中间拴着的晾衣绳，突然冒出新的主意。我抱着咪咪让它上了树，然后示意它从晾衣绳的一端走到另一端的那棵树上。这事儿咪咪显然没干过，所以一直犹豫不前。我一着急，直接抱着它放在晾衣绳上，慢慢撒手，然后跑到绳子另一端的树下，召唤着它。它后腿抓着树皮，慢慢往前挪了两步，尾巴在空中竖得又直又高，但没走两步，就一翻身掉了下来。

它在空中"喵呜"尖叫了一声，然后"咕咚"摔在地上，"喵呜喵呜"的哀叫声微弱缓慢。就在我发愣的工夫，咪咪慢慢起身，晃了晃脑袋，慢慢拖着

步子走开了,始终没再回头看我一眼。

吃晚饭的时候,我妈"咪咪、咪咪"地叫了很久,唤它吃饭,可它一直没出现。之后很多很多天,我都没见到它。直到有一天晚上睡觉,我听到老鼠在房梁上成群结队、窸窸窣窣、旁若无人地跑来跑去,我才知道,咪咪不会回来了。第二天,我妈在饭桌上说准备去别家再抱一只猫,不然粮仓很快就该遭殃了。我立马反对,说咪咪肯定会回来的。可是我嘴里塞着饭,他们都不知道我在说什么。于是我说着说着,哭了。

全家人都奇怪地看着我,不明白为什么我会这样。只有我妈似乎看出了点儿什么,她用手绢抹了抹我的眼泪和鼻涕,让我先吃饭,说:"也许过几天咪咪真会回来——狗记千猫记万,说的是猫走万里路也能找到家。"

咪咪走了之后,我就把所有的后悔、愧疚、遗憾统统捏成一个词:弥补。我必须得做点儿什么,好让自己心里好过一点儿。我注意到我妈春天时买回的十几只鸭子,眼睛一亮。如今鸭子们已经长大一些了,刚刚褪去黄色的绒毛,长出褐色和白色的羽毛,嫩黄色的小扁嘴变成了姜黄色的大嘴。

我妈说:"鸭子比鸡勤快,鸡是隔一天生一个蛋,鸭子是每天生一个。"

我知道,即使鸭子没有这个优点,我也会喜欢它们的。所以我主动承包了这群鸭子的所有事务,每天打扫一遍鸭圈,一天三顿按时喂它们。

我一点一点看着它们短短的脖子变长,并且戴上了绿莹莹的围脖。它们早上出门下水,我送去,晚上我再一只一只全部赶回院子。

直到有一天早上,我发现这群鸭子有好几只竟然一口食也不吃,一片菜叶也不肯碰。饲料不够可口?水不够清澈新鲜?换,通通换新的。可它们还是不肯吃一口,直到下午仍然如此。我不知道怎么了,但我知道肯定是我做得不够好。你想想看,不吃不喝怎么继续长大?不长大怎么一天生一个蛋?不能天天生蛋我怎么证明我这事儿干得还不错?

我必须阻止这让人沮丧的结果。于是,我把那几只鸭子隔离开,一一硬掰开嘴,强行填喂,一口饲料一片青菜再加一口水,它们还是不肯吃,大多都

吐了。我亲眼看着有一只艰难而不情愿地咽下了这些，才稍稍放心。可是没多久，它就由蹲着变成趴着。第二天早上，它死了。我慌了，这才想起叫我妈来。

我妈看了看，说我把东西塞进了鸭子的气管。我妈又伸手摸了摸鸭子的屁股，说："这只鸭子有蛋了，可能是准备要下蛋了才不肯吃食。鸡鸭生第一个蛋需要的时间都特别长，因为很痛。你往嘴里硬塞，它还能怎么办，只好用死亡捍卫自己的尊严。"

从我妈嘴里说出尊严这个词，我有点儿诧异，也有点儿想笑，可是我笑不出来。我不明白，以前是我伤害了咪咪，可是这次我是好心，为什么好心还会伤害鸭子？

看着躺得直挺挺的鸭子，这次我没哭，但我很伤心。一连好几天，我都比看不见咪咪更难过。哪怕马上就要开学了，开学就要念初中了，可我还是没有一点儿兴奋，每天怏怏的，像生了病。

开学前一天，我坐在门槛上收拾书包。正午的太阳已经不像这之前那么暴晒了，只是感觉浑身暖暖的，有点儿痒。我抱着刚刚收拾好的书包，恍恍欲睡。突然，我听到"喵"的一声，开始我以为自己是在做梦，可是相继又听到几声更微弱的"喵"。

我睁开眼，慢慢看清了，竟然是咪咪。在院子中央的树下，咪咪正逗弄着一只"吱吱"叫的小老鼠——它时而用爪子摁住，时而用嘴衔回。接着，它身后站着五只跟它一模一样的小咪咪，每一只都学着它的样子，围着老鼠"喵喵"地惊叫着……

"咪咪，咪咪！"我叫它，咪咪扭头瞄了我一眼，没理我，而是向后退了几步，给小咪咪们让出戏耍小老鼠的空间。它走起路来右边的后腿微微有点瘸，但是不妨碍它尾巴微微一甩，尾巴尖朝上弯到面前，认真地坐在地上，看着它的孩子们。

碧玺

立 · 夏

刚入夏的时候，卢比背着包离开，碧玺用了整整一个夏天思念他。到了秋天，云淡风轻，记忆就慢慢地变淡了。

什么都会变淡，只有这些老茶树的叶子总是那么绿。碧玺这么一想，就更珍爱这片茶树林了。茶园是爷爷的命根子，也是碧玺从小到大的乐园。

爷爷找了块奇形怪状的大石头，用红漆在上面写了两个大字——"天赐"，竖在一株最老的茶树旁。

碧玺问爷爷："这是什么？"

爷爷说："这是给茶园取的名字，谢谢老天爷赐给我们这个茶园。"

没事的时候，碧玺很喜欢坐在石头上看半山腰飘着的云团，浓的时候，像棉絮扯不开，淡了，就变成一大片薄雾，若有若无，钻到鼻子里润润的，却看不见它们。

卢比在的时候，最喜欢大雾天。他喜欢闭上他那蓝色的眼睛，耸着高鼻子夸张地呼吸山间潮湿的空气。碧玺随手摘两片老茶树叶，卷成圆筒塞到卢比的鼻孔里，说这样吸力更大。卢比的样子变得很怪，碧玺就看着他咯咯咯地笑，卢比忍住不笑，他一笑，树叶卷就会掉下来，碧玺就假装生气。

卢比是碧玺从深山里"捡"回来的，刚来的时候整个人似乎虚脱了，站都

站不住;碧玺架着他走,累出了一身汗。后来卢比吃多了爷爷打来的野味,就越来越壮实了。一开始卢比不肯吃野味,爷爷瞪着眼睛逼他吃。卢比的脾气很好,爷爷一瞪眼,他就捏着鼻子吃,吃完后再喝一大杯泡得酽酽的茶。

卢比爱喝茶园里产的茶,喝得上了瘾。所以卢比走的时候,碧玺把家里能找到的茶叶都包起来塞到卢比的包里。

爷爷瞪着眼睛说:"这丫头,爷爷这半年多喝什么?"

碧玺可不怕爷爷瞪眼,她说:"咱们明年开春可以再摘。卢比喝完这些,就再也喝不到咱家的茶叶了。"

碧玺很希望卢比能留下来,三人继续分享这些茶叶,但卢比还是背着包跟着来找他的人走了。

卢比说:"打日本。"

他这么一说,碧玺和爷爷都不言语了,他们不能拦着卢比去打日本人,尽管他们舍不得卢比。

卢比只能说几句简单的中文,这是其中一句。

这段时间,碧玺又教他几句简单的中文,还教他写汉字,但是卢比在写字上有些笨,一个"赐"字能写半天,还常常写错。

卢比走后,碧玺又在山上看了两年或浓或淡的云雾,便被爷爷嫁到了山脚下的镇子里。

爷爷说:"女孩子总要嫁人的。现在日本人已经打跑啦,你还是住到镇子里去吧,安安稳稳过日子。"

碧玺说:"日本人打跑了,那卢比呢?"

爷爷抬头看看天上的云,说:"回他自己的国家了吧。"

转眼很多年过去,碧玺竟然六十岁了。这些年,爷爷去了天上,写着天赐园的石头还在,茶园却改了名字,叫东风茶园。碧玺有时候照镜子,会有些恍惚:镜子里那个慈眉善目的老太太是她吗?那个漫山遍野跑的野丫头去了哪里?这里没人叫她碧玺,大家都叫她天赐妈。

碧玺的六十大寿过得很热闹,儿子天赐和女儿天意都特意从城里赶回来,在镇上的酒店办了五桌酒席,还给碧玺搬来个大彩电。

晚上,天赐调试电视机的时候看见新闻说,有个美国老人正在本省找一个叫天赐的地方。天赐笑着说了句:"嘿,怪了,还有叫天赐的地方?"

那时,碧玺正好去了外屋,没听到这话,不然,碧玺在六十岁的时候就能见到卢比了。

碧玺七十岁的时候,天赐天意一定要把她接到城里去住。碧玺让他们陪她去趟东风茶园,她怕再不去,以后就走不动了。

老茶树的叶子还是那么绿,云还是那么散散淡淡飘成雾的样子,碧玺想起卢比的高鼻子里插着茶叶卷的模样,那么清晰,就像昨天的事。碧玺笑了,她笑起来的时候,又回到了小姑娘的模样。

这些年开始流行百年老店。这里的茶叶好,老品牌,销量不错。镇上扩大了茶园的种植面积,还把刻着天赐园的石头搬到醒目的地方,重新刷了红漆,想恢复这块老招牌。

碧玺指着石头,对天赐天意说:"瞧瞧,还是你们太姥爷取的名字好。"

碧玺走到石头的背面,蹲下来,字果然还在,很小,不易察觉。一共八个字,分两行,上面刻着"天赐碧玺",下面刻着"天赐卢比"。这是当年碧玺瞒着爷爷,教卢比刻的。卢比的字歪歪扭扭的,但一点也没有刻错。

天赐看到这字,突然一拍脑袋,说:"妈呀,原来十年前那个美国老头找的就是你啊。"

天赐找到电视台,根据卢比留下的联系方式找他,却被告知,卢比已经在两年前因病去世。

卢比有两个儿子一个女儿。他们来的时候,镇上举办了隆重的欢迎仪式,还重新修缮了茶园的大门,请他们剪彩。各路记者蜂拥而至,天赐茶园的名气一下子传得很远。

碧玺当然也被请到了现场,抗战期间,中国老百姓勇救受伤的美国士兵,她是故事里的主角。

碧玺穿着天意帮她精心挑选的新衣服,拘谨地坐在主席台的最边上,手里紧紧捏着一个本子,本子的前几页是卢比的画,画里有茶园、天上的云朵、写着"天赐"两个字的大石头;画里还有老爷爷、高鼻子的美国人、扎辫子的小姑娘;本子的后面贴着卢比的照片,一年一张;本子的封面上,用中文写了三个字——给碧玺。

记者采访碧玺的时候,碧玺不知道说什么好,嗫嚅了半天,只说:"以前他老学不会写汉字,想不到后来竟然写得这么好了。"

记者提出要看看卢比留下的本子,碧玺一下子把本子紧紧抱在怀里,说什么也不给。

那个本子又陪了碧玺很多年,碧玺几乎每天都看一遍。

在碧玺生命中的最后一天,她说:"我可以看到卢比是怎么慢慢变成老头的,而卢比却只记得我扎辫子的样子。"

这么说着,她咧开没牙的嘴笑了,然后合上本子的最后一页,闭上了眼睛。

小莫的海底

立·夏

小莫下水前,郑重地朝我挥了挥手。这是他每次下水之前必做的动作。这套仪式从我四岁的时候开始,到我十六岁的时候结束。

我在礁石上,坐在一个绑着石头的大筐里。每次他挥手的时候我总是睁大眼睛,屏住呼吸。我很紧张,却不知道为什么紧张。我从小生长在海边,但我只能看到海的表面,我一点儿也不清楚海底是什么情形。对于我来说,海底是属于小莫的世界。

小莫从十二岁开始下水采淡菜,那年,我刚满四岁。淡菜是我们那里最常见的海贝,味道鲜美。海里能吃的贝类不少,淡菜是长得比较怪的一种。椭圆形的壳,漆过似的亮黑,随身还带着一团乱麻。一群淡菜的乱麻纠缠在一起,运气好的采到了就能拉出一大串。

小莫属于运气特别好的。从第一天下水开始,他就成串成串地往上拉淡菜。岛上的马大开了个加工厂,雇了些赋闲在家的女人,用大锅把淡菜煮熟,去壳晒干装到塑料袋里封口,销到上海北京一些大城市。塑料袋上印着几个红色的字——马大贻贝干。那是有名的海鲜干货,很受欢迎。小莫把淡菜卖给马大的加工厂,一个夏天能赚到不少钱。

采淡菜在夏天,其他季节小莫也并非无所事事,他在海边钓鱼捉蟹,也在滩涂上捡海螺海瓜子,但小莫从不跟着渔船出海捕鱼。

我不喜欢小莫皱着眉头抽烟卷,烟味很呛。我也不喜欢小莫在大清早把我从热被窝里拖出来,赶我去学校。从我四岁开始,小莫主宰了我的世界。记得我四岁那年的一个早晨,我醒得比往常早,身下的床单是湿的,我迷迷糊糊地叫:"娘!"

小莫应声而来。我还没完全睡醒,我忘了我只有小莫了。小莫掀开湿湿的床单,下面的褥子也是湿的。然后,他沉默地站在床边,我坐起来,看看他,又看看褥子,上面有白白的棉絮露出来,我就伸手去扯棉絮玩。才扯了两下,小莫的手就落到了我的屁股上,很痛!我哇的一声哭了。那是小莫第一次打我,我记得很清楚,当时屋子里弥漫着一股烧焦的红薯味儿。

从小到大,我记不清被小莫打过多少次,他的手板又大又硬。以前爹打我,我有娘的裤脚可以躲。小莫打我,我没地方躲,只有大哭大叫。隔壁的马婶听到我的哭声跑过来,有时候正财伯也会跟着过来。马婶搂着我唉声叹气,正财伯对着小莫骂,直把他骂得低下头。

晚上,我和小莫一人占据着床的一边,背对背。床很大,是爹娘留下来的。半夜醒来,我发现我们都挪到了床的中央,我蜷缩着贴在他的胸前,而

他的手臂自然地环住我，就像以前娘经常做的那样。想到娘，我就想哭，但我从没见小莫哭过，小莫比我大八岁，他大概已经不会哭了。

小莫的水性很好。小时候我常被吓哭，因为一起潜下去的人都冒出来了，小莫却迟迟没有露出海面。小莫似乎很喜欢待在海底，这让我很好奇。海底到底有些什么？我甚至常常无端地猜测，不过这些念头过于荒唐，刚冒出来就让我压了下去。

十多岁的时候，我缠着小莫学游泳、学潜水，我也想看看海底。在渔村，一个男孩子若不会游泳，是件很丢脸的事。但小莫瞪着眼，绝不允许我下水。

十六岁那年我初中毕业，考上了县里的高中。小莫不再下海了，马大的厂子聘他做销售部经理，在县里设了个销售点，跟我的学校仅隔两条街。我住在他的宿舍。晚上我做作业，他带女朋友出去看电影逛街。我不喜欢他女朋友，我觉得她配不上小莫。小莫很英俊，长得有点儿像刘德华。

上大学后，我终于在学校的泳池里学会了游泳。暑假回乡我拖着个大箱子，里面是我借来的两套潜水装备。小莫来码头接我，他已经成了一个很平常的居家男人，一个三岁男孩的爸爸。儿子叫爸爸，他就笑；儿子要什么，他都给。我有点儿迷茫，那个动不动就打我的小莫，那个下水之前总是朝我挥手的小莫，就是眼前这个满脸堆笑的男人吗？

我带上两套潜水装备，拉小莫去海边，我终于潜到了海底，却没有看到任何我想看到的东西。我和小莫坐在我小时候常常坐的礁石上，一人一支烟。

"我还记得你小时候坐在大筐里的样子，"他侧过头看了我一眼，"终于长大了。"

"我记得你向我挥手的样子。"

他沉默了一会儿："其实每次挥手，都是跟你说，再见了，这次下去我再也不要上来了，我要跟爹娘在一起。"

"为什么我从没看到你哭过？"

他指了指前方："它看到过。"

前方是大海，我刚才下海的时候，尝到过它的苦涩。

我的哥哥小莫，大名徐海莫，是我唯一的亲人。

青春是最温柔的悬念

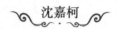

沈嘉柯

"过生日是一件很好的事情。"廖小白很严肃地告诉我。我笑着对他说："是很好,因为可以收到很多礼物。"

在我十几岁的世界里,廖小白是我最好的朋友,于是在十六岁生日的时候,我请他来帮忙。在快乐的聚会之后,年轻的身体开始被偷偷品尝的酒精驯服。其实我们只是喝了一点点含酒精的饮料,但一个个都已经头晕眼花了。

我指着一大堆的礼物说:"小白,帮我扛回去。"于是他就帮我扛回去了。我们关系太好了,住得又近,是邻居。谁让他还小我一岁?小一岁,就低了一个年级,就是学弟。

第二天,我醒了,全然不记得所有的事情。然后我继续快乐地上学,下课。礼物太多,我需要慢慢拆开才能看完。

是啊,此时的青春还早,年华足够挥霍,我急什么呢!

而礼物,总是到最后被遗弃。何娟买的胸针掉到了卫生间的水池里,蒋勤送的红木手链也日久发了霉。时光是无情的,它什么都能带走,痕迹都不留。只有那个蓝色铅笔盒我一直没丢。我奇怪,它为什么始终在我身边,一年又一年,用不上,也不舍得扔,一直跟着我到这个南方的城市。甚至,我都不知道那是谁送的。在一个太阳很好的上午,想起这个问题的时候,我翻过来翻过去,看那个蓝色的铅笔盒。

终于,在盒子里面的角落里,我发现了一连串的字母,小小的,写着"LX-BXHSJK"。字母是用小刀刻上去的,痕迹深刻,从这一点就足以看出,雕刻的人非常用心,非常认真。

我轻轻地念着那些字母,L,X,B——我忽然想起来了,那不是廖小白的名字吗?那么廖小白到哪里去了呢?我忽然想起这个问题。我打电话回家,问我的母亲:"当年隔壁的那个小男孩现在怎么样了。"

母亲说:"和一个漂亮的女孩子订婚了,准备在上海结婚。"

我又辗转从同学那里要到了他的手机号码。电话接通的时候,我听见那个熟悉的声音,忽然觉得眼睛好酸,酸到我只想流泪。他的声音,比起小时候成熟温柔了许多,是动听的男中音。

我说:"你好。"

他说:"你也好啊!"

叙旧是美好的。电话几乎聊了两个小时。最后,我说:"你还记得吗?那年你送我的生日礼物,上面还刻着一句话。"

他沉默了好一会儿，反问我："我送过你蓝色铅笔盒，还在上面刻了一句话吗？"

我哑巴了。

他说："没有，不是我。"

那"LXBXHSJK"，又是怎么回事儿呢？我笑了，我这是怎么了，过去那么久的事情，怎么还那么重要？那句疑问还是没有出口，留在了心底。

风吹过鼻梁，我终于感觉到冰凉，那是眼泪蒸发的缘故。

我说："祝愿你们幸福快乐，白头到老。"

他说："谢谢，也祝愿你找到幸福。"

放下电话，我忽然觉得回去的路那么长，而生命如此寂寞。我再也找不回那个缠着我一口一个好姐姐的男孩了。

不久，小我两岁的妹妹也要结婚了。我回家了，年华本是如此，轻轻松松地就驶过了，只有你自己的心灵，永远停留在那里，舍不得走。我和妹妹，一段一段地回忆着旧日的糗事，笑得快活。

妹妹说："还记得吗？你十六岁生日那天，爸妈都不在家，你喝醉了被小白送回来，还发酒疯，拿起小刀到处乱刻。"

我愣住了，随即问："我是不是还刻了一个铅笔盒，蓝色的？"

妹妹说："是呀，原来你记得啊，那是小白送你的生日礼物。"

原来如此。我笑了，笑到眼泪都流出来。是什么时候，我开始喜欢他如此之深，把那一点儿青涩的心情小心翼翼地藏着，连自己都骗过了。然后，偷偷地刻下告白，让自己心满意足。

廖小白的回忆里，我原本只是一个与他亲近的姐姐。而我，居然有过这样一场波涛汹涌的暗恋。那个年代的我们，爱情如此隐晦和胆怯，不敢见阳光。

没有人是生来就懂得如何去爱的，有些感情也永远说不出口。某一站一旦错过就永远不再，只是光阴还在继续。下一站，我不会再以沉默迎接了。

谁为她开门

艾苓

她报名要去绥化日报社实习,我成了她的校方指导老师。

这批实习生都是女生,除了她,我都教过。我先给她们开个小会,确定实习报到时间,有哪些实习要求。从进门到散会,她始终把头扭在一边,我看见的是她的半个后脑勺。

散会的时候,我请她单独留下。她并没有把头转过来,直接低下了。

我尽量放松语气说:"从进门到现在,你好像还没正眼看过我。"

她抬头的瞬间瞄了我一眼,有些害羞:"这不是看你了吗?"说完,把头扭向另一面。

我注意到,她有点儿斜视,这可能是她一不抬头二不看人的原因。我说:"你知道吗? 跟人交流的时候不看人家,是不大礼貌的。"

她说:"老师,我认为,说话的时候盯着人家看,才不礼貌。"

话是说给我听的,但我看见的还是她的半个后脑勺。

我笑了:"不是盯着人家看,是偶尔得看看人家的眼睛,不然你怎么知道对方的态度和反应呢? 看着人家的眼睛说话,可以显示你的真诚。"

她说:"老师,我知道了。"依旧后脑勺冲我。

她断断续续告诉我,她是专升本学生,家在农村,专科的时候学的是新

闻,升本以后学的是汉语言文学,已经插班学习一年。她想在新闻单位实习,也想找新闻方面的工作。

我跟她说,到报社实习,要主动跟报社的指导老师沟通情况,帮指导老师做些力所能及的工作,有问题及时请教,也可以跟着下去采访,练习写新闻稿。我还说,身体上的小缺陷不必在意,不是自己的过错,不必自己埋单,别在乎。

去报社报到那天,天有些凉,她穿了件花哨的短旗袍。旗袍是棉布的,粗针大线,估计价钱不超百元。我问了几次冷不冷,她都说不冷。下了公共汽车,我看她胳膊上浮着一层鸡皮疙瘩。她想到采访中心实习,我安排她去编辑中心了。我担心她跟采访对象沟通有障碍,再说这身衣着,也不是实习记者的打扮。

把这批学生送到报社,接上头,我要回学校。她跟出来,说她也先回学校,再回家拿换季衣服,明天下午回来正式实习。

公共汽车正好开走,我拦了一辆出租车,打开前门坐进去。回头看她站在车外,后门还没打开,我下车开门,让她坐进去。

车到校门口,我付了钱下了车,她还在找开关,没打开后门。我赶紧开门,让她下车。她有些不好意思,眼睛看着别处解释:"我坐过出租车,就是不会开车门。"

我很心酸,想象着一个小女孩低着头从乡间的沟沟坎坎里一路走来,她坐小轿车的次数用一只手应该数得过来。在私家车进进出出的大学校园,不知道还有多少寒门学子不会开车门。

分手以后,我先给报社的指导老师打电话,说明她的家境和心态,请他关照。我曾在这家报社工作多年,同事已经成为朋友,他一口答应。

当天中午,她给我发短信,问我报社指导老师的姓名和电话号码,说忘了跟老师请假。

我马上回复了她。

在报社实习几天后，她又给我发短信，问我报社指导老师姓名和电话号码，说家里有事，要请几天假。

我打电话问她："发给你的电话你没保存吗？实习这几天你没跟老师交流吗？"

她说："没有。"

我告诉她："比较重要的电话一定要保存。不跟老师主动交流，实习怎么能学到东西呢？家里的事处理完，还是要回来实习。"

几个月以后，突然收到她的短信，还是问报社指导老师电话号码，说自己正在外面找工作，学校要求交实习材料，需要实习单位盖章。

我短信问她："发给你的电话你没保存吗？"

她回复我："保存了，换了手机，号码丢了。"

快交实习材料的时候，她回到学校。有个星期天，她短信问我实习材料里的一个细节，我赶紧回复。她很快发来第二个问题，我又回复了。短信提醒又响，打开手机，是她的第三个问题。

我的耐心像只气球，被她的第三个问题一针戳破。我给她发短信："请你把所有问题编发一条短信，或者打一个电话，一次搞定。"

她旋即回复："老师，这是最后一个问题了。"

我哭笑不得，未做回复。

忙完手头事，我重整耐心，回复了最后一个问题。

前几天在校园遇见她，问起工作的事情，她摇摇头，还是低着头，从始至终都没正眼看我。突然觉得，我很对不起她，她拼命考取的大学都对不起她，虽然她前后接受五年了高等教育，我们并没有把她需要的东西教会她。

以她目前的状态，很难敲开哪家用人单位的门，我若是用人单位的头儿，我会用她吗？但应该有扇门专为她这类学生打开，就像那次坐出租车，我不应该仅仅为她开门，还应该告诉她开关在哪里。

成长·青春是最温柔的悬念

卖菜记

曲 辰

　　我上过两年初三,参加过两次中考。说起来,都是上个世纪的事儿了。

　　一进初中,我就狂热地迷上了文学,课外图书课内看,业余爱好专业写,为此荒废了学习。那时的写作,近乎无病呻吟,但我自我感觉良好。每过一段时间,我都会将自己的文章汇集,用针线装订好,起个雅致的名字,编目写序,一本"书"便"出版"了。

　　不过我也知道,这自娱自乐的"书"拿不上台面,是不能算数的。我对同学们说:"将来我肯定会出版真正的书。那谁,你的字儿不错,题写书名非你莫属;那谁,你有很好的美术功底,封面设计由你代劳;还有那谁,序言就归你啦……"

　　缘于此,我第一次中考的成绩惨不忍睹。家人并没有怎么责备我,只说安排我转学复读,来年再战,趁着暑假,温习功课之余,帮家人干点活儿吧。放假时,麦已收秋已种,家里的活儿也只是卖菜而已。

　　在此之前,我是参与过卖菜的。那时大哥是县里卫校的住校生,二哥远去新疆当了兵,每到星期天,爷爷总是带我去别的村子卖菜。天不明就被家人从床上拽起来,扔到架子车上,和黄瓜、西红柿一起上路。清冷的晨风和着爷爷"嘚儿——驾!"的喊声,给少年的我留下最深刻的记忆。现在我闭上眼,似乎还可以感受到骡车在崎岖不平的道路上的颠簸,看到似黑似蓝的天幕上的晨星。

但这个夏天不同,二哥已复员回家,担当着卖菜的主力。在部队,二哥是驾驶员,回来一时找不到合适的工作,便整日待在家里。家人怕他荒废了技术,筹钱买了辆机动三轮车,让他开着。再卖菜,土枪换炮,二哥驾驶着三轮车,好似一位威风凛凛的将军。

我特别喜欢和他一起干活儿,爱听他讲外面的事情和生活的道理。别的不说,"杀鸡杀屁股,一人一杀法"之类的俏皮话,就让我感到新奇。我专门买来一个笔记本,记录他口中稍纵即逝的俏皮话。

卖菜时,二哥也是妙语不断。"价钱说好,秤上给够"给我的震动就挺大,这话从二哥嘴里说出来,朴实又形象,相比之下,"诚信"就太文气太概念化了。

卖到最后,我为顾客挑剩下的蔬菜发愁,二哥却说:"拣到了卖到了,百货对百客,不用急。"后来,还真有人看上那些剩下的菜呢。

这让我大开眼界,不由对只有初中学历的二哥肃然起敬,想到几年前他回信说我投稿的事:"你久投而不中,每次失败都要找出自身的不足,这样才能有所长进。要有真情实感,而不是空想虚构。生活中的很多事情,常常是苦想苦找的题材!"想想平时闭门造车的习作,我羞愧不已。

卖菜间隙,二哥说:"你要好好读书,不要像我一样。妈以前总训咱们,不好好学习,将来就等着跟拖拉机拾大粪吧。如今犁地拉车都用不着牲口了,你这个拾大粪的跟着拖拉机,它又不会拉大粪,你还有出路吗? 以前我总是把妈的话当耳旁风,现在才真正理解了。"

二哥又说:"现在是蔬菜上市旺季,你看这黄瓜,价贱,才五分一斤,但贵贱都能换点钱啊! 你开学要交学费一百元,如果要卖五分一斤的黄瓜,需要卖两千斤。"

那么多黄瓜,压得我喘不过气来。我鼻子发酸,沉默不语。

回家路上,看到某个村子河渠里有水,二哥把车停在旁边,我们就着里边的水洗脸。

二哥问我:"知道这水从哪里来的不?"

我说:"不就是从地下抽出来的嘛。"

二哥说:"不对,这水是从青天河水库里放出来的,可惜这儿又没什么地,只是用来浆洗东西。"

青天河水库我是知道的,它截住源自山西的丹河水,只放很少一部分水过闸,那些水奔流而下,注入沁河,沁河水蜿蜒前进,汇入黄河,九曲黄河浩浩荡荡,融入海汇入洋……

想到这里,我呆呆地立着,说不出话来。

暑假过后,我背着铺盖回学校复读了。第二年夏天,县第一高中提前招考,我顺利被录取。

空白格

夏 阳

> 总觉得,我们之间留了太多空白格。
>
> ——蔡健雅

我的写作,是从高中开始的。那是一所农村中学。学校周边,有成片成片的养猪场,再往外,是青翠的稻田。一群卑微的乡村孩子,衣不蔽体食不果腹,于赣江边低矮的平房里,发出朗朗读书声。

我是个学生,却不读书,独自租住在校外的养猪场里,每天伴随着公猪饥饿的叫声以及母猪发情的哼唧声,静静地写自己的文字。我的课桌上永远是一层灰,我上课的时间比校长还少。

为此,校长专门找过我一次。校长是位老太太,跟我语重心长地谈了半天,不得不威胁我说:"就凭旷课这一条,我就可以开除你。"

我淡然一笑,说:"一个有两千名学生的学校,又不少一个死读书的,但肯定少一个写作的夏阳,对吧?未来载入校史的,不是密密麻麻的本科生专科生,而是我这样空前绝后的作家。您应该为此感到骄傲!"

老太太扶了扶老花镜,像个老中医似的审视了我半天,摇摇头走了。走前,还像玛雅人预测世界末日一样不死心地说:"不听我劝,你会后悔的。"

　　我不明白我会后悔什么。她就是真把我开除了,我也无所谓。学校对于我存在的意义,除了解决三餐,就是一个收发邮件的地址。每天,有上百封来自全国各地的读者来信,雪片一样涌向学校。学校传达室的墙上,一般都是一个班一个信袋,一个老师一个信袋,唯独我这样一个学生,却霸占着两个信袋。

　　传达室的老头在收了我一条烟后,对有异议的老师回答道:"人家信件多,我有什么办法?"

　　除了信件,我还时不时地收到不少汇款单。仅高二上学期,稿费和征文奖金加起来就有近两千元。那时,一个学期的学杂费才八十七元,街上的大米五毛钱一斤,一个正规的乡镇干部月薪还不到两百块钱。站在一群面黄肌瘦的穷学生里面,我衣冠楚楚,简直是鹤立鸡群,独孤求败。

　　不少女生私下塞情书给我,包括老太太的女儿。

　　老太太的女儿是隔壁班上的班花,一直自我感觉良好。她又矮又白又胖,喜欢穿一条白色的连衣裙,远远看去,像一团棉花,更像一个营养良好的蚕茧。她在信里探讨人生,畅谈理想,甚至连未来小孩的名字都展望好了,可谓深谋远虑。我看后一笑，正准备像往常一样将信付之一炬时，突然想起了上次老太太谈话后鄙夷的神情。我决定报复。我一声不吭，将这封信贴在本班后面墙壁的黑板报上。虽然不一会儿，信就被人撕走了，但还是让半个学校的师生异常兴奋。蚕茧被老太太狠狠地揍了一顿，从此把头埋在书本里像只自卑的丑小鸭。而此时，我恰好一连获了两个全国大奖，在全市乃至全省声名鹊起。这让我愈发显得孤独，准确地说，是孤傲。我像一只孤傲的公鸡，高昂着头，面对各种惊羡赞叹的目光，去参加各种笔会和颁奖活动。

曹颖的出现，使我明白了一个道理，其实我不拒绝爱情——包括早恋，只是没有合适者罢了。

曹颖是高三上学期转学来的，标准的城市女孩，喜欢穿一件产自北京的风衣，来去衣袂飘飘，像个女侠。那时，还没有校服这个概念，绝大部分学生都是破衣烂衫，补丁挨补丁。所以，尽管曹颖长相不是很出众，但那件产自北京的风衣，依然让一群情窦初开的乡村孩子魂不守舍，集体失眠。

毫无疑问，我们走到了一起。起初，是悄悄幽会。我带曹颖到我的住处。

她捂着鼻子，指着墙上的大字好奇地问："为什么叫香居呀？"

我深沉地说："因为臭在表面，而香则在心里。"

她咂摸了一会儿，崇拜地望着我。我大胆地拉起她的手，贴在我的心口，表白道："你就是我的香，永远，就在这里面。"曹颖感动得泪光闪闪。

后来，我们发展到公然坐在赣江堤上肩并肩看夕阳西下，听渔舟唱晚，将一段黄昏坐成全校的谈资。老太太怒不可遏，再一次光临我的香居。老太太还是语重心长了半天，和她女儿一样，对我探讨人生，畅谈理想，展望未来。

这一次，我像个老中医一样对她审视了半天，摇摇头说："你不就是在替你女儿嫉妒曹颖吗？"老太太瞠目结舌地望着我，一跺脚，扭头走了，跌跌撞撞，像遭了枪击一般。

老太太落荒而逃后,我更加肆无忌惮了。我将曹颖的风衣剥掉,将她的衣服一件一件地剥光,将自己的青春植入夜的浓黑之处,植入群猪的欢鸣之中。

高考前,曹颖的肚子日渐隆起。七百五十分的总分,她考了三百八十分,我考了三百零五分。

我父亲大发雷霆地骂道:"别说我这个小学毕业生,就是一头猪,只要知道 ABCD,瞎猫撞死老鼠,都不止考这个分。"我撇撇嘴,说:"你别着急,凭我的写作成绩,我可以去读大学的,你等着瞧好了。"

我在省城找到作协主席,信心百倍地说:"省里面我就喜欢两所大学,一个是江西师大,一个是南昌大学,我对比了一下,还是觉得南昌大学要好一些。"

主席连眼皮都没抬,指着我那半麻袋发表和获奖的作品,懒洋洋地说:"先拿回去吧,这些,不值钱的。"说完,起身去开会,算是把我打发了。

我沮丧地回到养猪场,曹颖哭着问我:"怎么办啊?孩子都五个月了呀。"

我泪流满面,半天,咬着牙说:"生下来,实在不行,我们就先养猪吧。"

"养猪?你行吗?"

"怎么不行?天天和猪打交道,不会养猪,还没见过猪跑啊?"

其实,从一开始剥掉曹颖的风衣,我就后悔了。那一瞬间,我陡然明白,自己只是爱一件产自北京的风衣,而她,也许爱的是一个少年伪装出来的孤傲与深沉吧。

同学们纷纷去大学报到的九月,我和曹颖结婚了。结婚后,我们的对话越来越少,大部分时间是她说,我在自己的天空里游走。

有一晚,大汗淋漓后,她偎依在我的怀里,摩挲着我胸膛上壮实的肌肤,一脸的幸福。我半躺在床上,默默地吸烟。窗外,群猪亢奋,黑夜漫长。

"猪饲料又涨价了。"

"哦。"

"你在想什么?"

"哦。"

"你爱过我吗?"

"哦。"

偶 然

非·鱼

刚刚十八岁的田小是在青平街街口遇到那个女孩的。

从大通街送货回来,田小又饿又累,他想尽快回到宿舍去。他把双手揣在短裤兜里,摇晃着细瘦的身子,耸着肩,哈着腰,像寒冷的冬夜着急回家取暖的人一样,杵着头。

事实上,现在是夏天,阿瓦城的夏天闷热,晚上十一点了还没有一丝凉气。

刚拐到青平街街口,一个女孩不知道从哪儿冒出来,扯住了田小的胳膊:"大哥。"

田小吓一跳,他下意识地把手从兜里掏出来,可一条胳膊被女孩牢牢拽着。他抬起头,那个女孩更是吓了他一跳:她太漂亮了。在田小看来,那么漂亮的女孩只能出现在电视里,远远地看着,突然一下子来到他面前,他只有惊慌失措。

女孩说:"五十。"

田小没听清楚,确切说是脑子有点转不过圈,他还没想明白到底发生了什么。

女孩伸出一只手,长而尖的指头在田小脸前晃来晃去:"五十,就五十。"

女孩抓着他的一只胳膊,不停摇动自己的身体。

田小明白了,他知道她说的五十是什么意思,而他的兜里也正好有五十,那是刚刚送货付给他的运费。田小脸红了,和那个肿眼皮的高丽丽在一起的时候,他的脸从来没红过。

女孩甜甜地笑着,手牢牢拽着田小的胳膊,生怕他跑了似的。

田小说:"不行。"

女孩又喊:"大哥,才五十嘛。"

田小坚定地说:"不行。"

他不但心疼钱,还害怕,虽然不能确定怕什么,但下意识里还是怕。

女孩扭着身体,一只手顺着田小的腰一路摸下去,一直到达田小的口袋,隔着口袋,抚摸他年轻的身体。

就在田小的意识快要崩塌的时候,女孩的手却出来了,也放开了他的胳膊。她笑嘻嘻地对田小说:"谢谢大哥。"

田小一摸口袋,完了,兜里的五十块钱不见了。他这才看到女孩的手里捏着他刚刚从大通街赚回来的五十块钱。

他说:"给我。"

女孩冲他妩媚地一笑:"不能白享受的。"说完就要走。

这下轮到田小去抓女孩的胳膊了。一只大手钳住女孩白皙的胳膊,田小说:"还我钱。"

女孩开始还在笑,说田小小气,一会儿就笑不出来了,田小的手力气太大了,她的胳膊被捏得生疼,但她更攥紧了那五十块钱。如果说开始还是类似玩笑,到这儿就一点也不好玩了,她大叫起来:"放开我,疼死了。"

田小松开她,她蹲在地上。

田小说:"还给我。"

她说:"你弄伤我了,还要赔我医药费。"

田小说:"凭什么?是你拿我的钱。"

成长·青春是最温柔的悬念

女孩说："现在是我的，我劳动所得。"

两个巡警就在这时走过来："干吗呢？"

田小说："她拿我钱。"

一个小个子警察说："在大街上买卖？你们胆子太大了。"

女孩站起来说："什么买卖？是他赔我的。"

田小说："不是，是她拿的。"

两个人还要争执，小个子警察摆摆手："别说了，跟我们回去调查清楚再说。"

坐在警车上，女孩噘着嘴瞪着田小，田小低着头双手不停搓着膝盖。

站在派出所的走廊里，田小和女孩又吵起来，声音压得很低。

田小说："都赖你。"

女孩说："还好意思说，大男人那么小气。"

田小说："我一天就挣了五十。"

警察把他们俩分别叫进屋里问情况，田小不知道女孩说了什么，他不停地分辩："我什么也没干，真的，我什么也没干。"

他们俩从派出所出来的时候，田小看看女孩，居然说了声"再见"。

女孩扑哧一下笑了："你还敢再见我？"她的笑容像个天真无邪的孩子，还有一点儿调皮。

田小也笑了："那不再见。"

女孩说："请我吃碗肥肠粉吧。"

田小说："好。"折腾这么长时间，他也有点饿了。

坐在一张小桌子前，一人一大碗肥肠粉，田小吃得急促，女孩吃得斯文，他们谁也没再说话。

吃完，女孩用手背抹了抹嘴角，田小也用手背抹了抹嘴角。

女孩说："你叫什么名字？"

他说："田小。"

"从哪儿来?"

他想说河南,但到了嘴边又改了口:"河北。"

女孩把尖尖长长的红指甲在田小脸跟前晃晃:"骗人,你个瓜娃子还想蒙我,一张口就能听出来,你是河南的。"

田小的脸红了。最开始和肿眼皮的高丽丽谈对象时,他也是这么告诉高丽丽的,但高丽丽信了,还是傻。

女孩戳一下他的额头:"想啥呢?"

田小说:"没有。"

女孩笑嘻嘻地说:"想女朋友了吧? 她漂亮不?"

田小说:"没你漂亮。"

女孩哈哈大笑,笑声清脆:"你这孩子,你走吧,谢谢了。"

田小被她笑得无地自容,赶紧转身逃离。两个人背向而行,一个向东,一个向西。田小依然把双手揣在兜里,低着头,急匆匆地向住处走去。

他脑子里一直闪现着女孩调皮的笑脸,还有她吃粉的样子。田小忽然觉得应该问问她叫什么名字,从哪儿来。他回头看了看女孩一步三摇的背影,终于还是不敢。

他捏了捏兜里的五十块钱,笑了:明天可以请高丽丽吃涮锅了。

遗落在乡村的果子

刘国芳

　　我们已经去过好几次黄源了,这个村有许多老房子。这天,我们又去了,才进村,就有一伙孩子跟在我们后面,这些孩子大的十几岁,小的五六岁。见了我们,大一些的孩子会说:"又来看老房子呀?"

　　我们笑笑说:"来看老房子。"然后我们在那些房子里穿行,孩子仍跟在我们后面,还说:"都是些烂房子,又没有人住,有什么好看?"

　　孩子说对了,房子确实很烂,也没人住。莫说这些烂房子,就是刚盖好的新房,因为主人出去打工了,那些房子也是门上一把锁,关了。好多房子这样关着,村里就冷清,好在有这些孩子,让我们觉得村里还有人。我们当中有个人,第一次来,见了那么多孩子,就问:"这个村怎么这么多小孩,大人倒见不到一个。"

　　一个孩子接嘴说:"我奶奶在家,他到地里去了。"

　　我说:"大人都到外面打工去了,村里除了老人就是孩子。"

　　我说着时,看到一个老人了,站在一棵树下。是一棵枣子树,秋天时节,枣子熟了红了。一个孩子见了枣子树,忽地窜过去。这个孩子,我后来知道他的名字就叫康枣,身上的衣服脏得像刮刀布。看见这个叫康枣的孩子往枣子树下去,我以为他要摘枣子吃,但康枣摘了枣子不是吃,而是当石头,往其他孩子身上扔。其他孩子也窜到枣子树下摘枣子,摘了去扔那个叫康枣的孩子。然后便扔来扔去,跑走了。

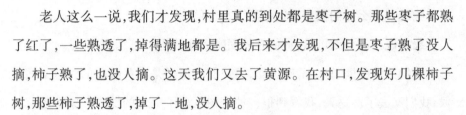

我们在孩子跑走后走近了老人,我说:"这些孩子怎么把枣子当石头扔呀,多浪费。"

老人说:"这家人打工去了,几年都没回来,每年枣子都烂了落了。"

我说:"你们也可以摘了吃呀。"

老人说:"村里人走得差不多了,到处都是枣子,哪吃得完。"

老人这么一说,我们才发现,村里真的到处都是枣子树。那些枣子都熟了红了,一些熟透了,掉得满地都是。我后来才发现,不但是枣子熟了没人摘,柿子熟了,也没人摘。这天我们又去了黄源。在村口,发现好几棵柿子树,那些柿子熟透了,掉了一地,没人摘。

这时一个老人和一个孩子走来了,我便问老人:"我们可以摘树上的柿子吃吗?"

老人说:"可以。"

那孩子也说话了,他说:"想摘多少摘多少。"

我看着孩子,问他:"你叫什么呀?"

孩子说:"我叫李子。"

孩子说着时,我们摘了柿子,给他吃,但这个叫李子的孩子不要,他说:"不要,我家有。"

我们只好自己吃,柿子都熟透了,好甜。我于是问老人说:"这么好吃的柿子怎么不摘了卖?"

老人说:"划不来,摘一天柿子卖不了几个钱,而打一天工,可以赚好几百。"

我说:"那不浪费了。"

老人说:"浪费也没办法。"

我常在乡下走动,知道柿子大多是野生的,柿子熟了黄了,没人要,也就罢了,但在黄源,许多橘子熟了,也没人摘。那些橘子最后黑了,同样落在地上,让人可惜。康枣那些孩子还跟着我们,入冬了,天有些冷,康枣穿了一件大人的羽绒衣,衣服很大,看起来很滑稽。

看我们往橘子树跟前走过,康枣说:"你们摘橘子吃,这家人出去打工去了,不要这些橘子了。"

我们同来的一个人说:"你们怎么不摘?"

康枣说:"家家都有。"

我说:"这么好的橘子就这样落了,真可惜。"

康枣说:"有什么可惜,他们在外面赚大钱。"

我们摘了些橘子吃,虽然很甜,但我们心里还是有些酸酸的。过了些时候,我们又去了。这天,我看到很多柚子树下落了一地的柚子。康枣还有其他孩子同样跟在我们身后,在柚子树下,他们把柚子当球踢来踢去。踢了一会儿,他们就打闹起来,那李子打了康枣一下,然后爬到柚子树上去。

康枣也往树上爬,但康枣穿着大人衣服,很笨拙,他倒是爬了上去,但树枝被他弄得摇来摇去,跌下来不少柚子。

忽然,康枣失手跌了下来。跌痛了,康枣趴在地上呜呜地哭起来。那个李子看康枣跌下树去,便往树下爬,可能手忙脚乱,他也一屁股跌在地下,痛得哇哇大叫。

我看着他们,忽然想到,这些孩子,其实也是遗落在乡村的果子。

麦田里的红霞

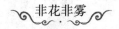

非花非雾

　　红霞住在城壕边，门口是明朝修成的东马道。站在路上，西南边是老城区，东北边是新城区。老城区的人都务农，每天晨起，人们背着农具，三五成群，从南向北经过红霞家门口上万果山坡的田地上锄草、施肥，种种收收。上班的人从北城角职工家属院出来，到东南新城区上班。

　　红霞一天天长大，每天从南往北的人越来越少。红霞知道，农民都不必每天像上班一样到田地里去了，他们可以自己按照农时支配自己的时间：农忙时连明赶夜；农闲时，可以悠闲地在自家门口坐着，做针线活儿或者做竹编。有的人出门了，到外地打工。

　　从北往南的人也越来越少，新区的单位不断地扩大规模，许多单位盖起了家属楼。职工们从大杂院中搬了出去。

　　红霞很向往新城里的家属楼，她站在麦田里，让春风拂动她的头发和脸颊。一抬眼，她就看到不远处一座座拔地而起的高楼，红砖白墙、蓝色或者黄色的木窗，窗户大大的，窗户上的玻璃亮晃晃的。不像自家的土坯房，石砌的窗台，凳子面大小的一块木栅窗，冬天糊上白纸，白天也昏昏暗暗的。

　　可是，她怎么才能住上那样的房子呢？

　　红霞在麦田里扯着"麦筛子"草，她手脚麻利，很快就扯了一篮。草里夹

杂一些麦叶,她不像同来的小佩扯得那样仔细,她像择菜似的,忙活老半天了,草才盖了篮子底儿。太阳升到头顶,把两个人的额头晒出细密的汗珠。红霞说:"歇歇吧。"

　　她们来到地边的杨树下,小佩说:"杨树的叶子,羊也好吃。只是树那么高,咱们也够不到。"

　　红霞说:"你等着,我来试试。"

　　红霞脱了鞋子,露出偷穿姐姐的红袜子,像男孩子一样,很快就爬上树,采下大把大把的杨树叶子。

　　小佩学着她的样子,也脱了鞋,怎么用力都不行,爬上三尺就滑下来了,努力半天只好放弃,在地边上,薅一些碎草充数。

　　快中午的时候,她们背着篮子来到新城外的羊厂。红霞的草和叶子被定了一级,一共十斤,一斤两分,她得了两角钱。小佩的被定了二级,一斤一分五,一共七斤,她得了一角一分钱。

小佩羡慕红霞手里绿绿的两角钱,但是,她实在没办法,在田地里,哪一项她都不是红霞的对手。她是甘居其次的。但是论读书,红霞就不如她了,常抄她的数学作业。两个小伙伴也因此能和平相处。

初中时,红霞和小佩不在一个班了。小佩和一帮喜爱读书的同学成了好朋友。

红霞书读得不好,一帮人出门打工,红霞也跟着到大城市去了,只在收麦的时节赶回来。割麦子是最苦最累的事情,每次抬起脸擦汗,她就望见不远处越来越多的高楼,心中燃起到那里住的渴望。

红霞算计着手中攒的钱,丈量离她心中目标的距离。

十九岁那年,小佩考上了师范学校。红霞开着一辆联合收割机回来了,那是她打工多年的积蓄。夏天最热的时候,她开着收割机在一块块麦田里穿梭。擦汗的间隙,她望向不远处,一座座高层商住楼正拔地而起。她咬了咬嘴唇,她知道,自己向目标又迈近了一步。

在农民都不愿种地的时候,红霞承包了几百亩麦地,专门种两种麦子,一种可以做麦片粥,一种可以磨粉做全麦面包。这两种麦子产量都不高,但是价格高,市场上供不应求。

红霞成了农民企业家。站在自己的麦田里,她望着前方升到高层楼顶的朝阳,对带着学生来参观的小佩说:"我要在新城区东边建一所学校,你来做校长,如何?然后,还要盖一座高层商住楼,我们住对门儿,像小时候那样天天在一起。"

小佩老师郑重地点点头说:"我们的目标原来是个圆,你走那边,我走这边,竟然又走到了一起。"

麦田里,麦香弥漫,笑声阵阵。

成人礼

袁炳发

学校举行成人礼这天，于小北起来得特别早。

十八岁了，成年人了！想到这，于小北心里有种别样的青春旋律在激荡着。

于小北唱道："我不想我不想不想长大，长大后世界就没童话，我不想我不想不想长大，我宁愿永远又笨又傻……"

于小北边唱边在梳妆镜前精心地打扮着自己。在步入成年人行列的第一天，于小北要把自己打扮成像花儿一样漂亮。

于小北像蝴蝶一样飞到妈妈面前说："妈妈，从今天开始我是成年人了！古时的成人礼仪是男子加冠，女子及笄，妈妈送我什么样的成人礼物呢？"

妈妈说："你自己选一样吧。"

于小北笑呵呵地勾着妈妈的手指说："妈，一言为定。等我参加完学校的成人礼，你带我去买。"妈妈点点头。

学校的广场上，雄壮的国歌回荡在校园的上空，国旗在缓缓升起。庄严的时刻到来了，在领誓人的引领下，操场上两千多名学生高举握紧拳头的右臂高声说出自己的名字，霎时一股强大的青春气息回荡在学校上空。

紧接着操场沸腾了，学生们雀跃欢呼："青春万岁！"

成人礼宣誓之后,学校宣布放假一天。中午,妈妈带于小北吃了牛排套餐。饭后,于小北把妈妈带到"真美首饰店"。在一节柜台前,于小北指着柜台里的菊花银手镯,告诉妈妈,想要妈妈送她,作为成人礼物。

妈妈脸上露出惊异的神情:"这个? 成人礼?"于小北满怀期待地使劲点着头。

妈妈看了一下这只银手镯,标价是八百九十元。妈妈又看了一眼于小北。

妈妈唤来售货员问:"这只手镯打折吗?"

售货员说:"打五折,折后价四百四十五元。"

妈妈又和售货员说:"可以把那零头四十五元抹掉吗?"

售货员面有难色地说:"这我得请示经理。"

售货员请示后,告诉于小北的妈妈:"零头不能抹。"

于小北的妈妈想了想,果断地对女儿说:"走,回家,不买了!"

于小北带着商量的口吻说:"妈妈,我喜欢,买吧!"

妈妈口气仍旧决绝:"不买,喜欢也不买。"

于小北显然有些生气了,大声对妈妈说:"您就那么在乎那四十五元钱吗?"

妈妈说:"他商家都那么在乎这四十五元钱,我凭什么不在乎?"

于小北没再和妈妈继续争执,生气地跟在妈妈的身后,向家里走着。

下午,妈妈上班去了。于小北躺在自己的小屋里生闷气。于小北怎么也难以理解妈妈的这种行为,在她成人节的这一天,人生如此重要的时刻,妈妈仅仅因为四十五元钱,就不能满足女儿的心愿,这未免太不近人情了。

有好长一段时间,于小北和妈妈不说话,而于小北也没有在妈妈的脸上看出什么歉意的表情来……

于小北并没有忘记那只美丽的菊花银手镯,星期日补课路过真美首饰店,她实在抵挡不住诱惑,就走进去看她的手镯,结果那只她朝思暮想的手镯不见了。

于小北非常伤心,甚至偷偷哭过。于小北对妈妈的怨气重新鼓荡起来,她竟有些负气地想:妈妈不给我买,我将来自己买。

日子并没有因为那只银手镯改变什么,但是时间是最好的润滑剂,不知不觉中,于小北的心情平静下来。妈妈疼爱自己简直疼到骨髓里,就是有点儿抠门,没能满足自己的一个愿望,这又算得了什么呢?

母女俩和好如初。

转过年的夏天,于小北顺利地考上了南方的一所著名高校。临行的前一夜,妈妈把于小北唤到近前,把银手镯戴到了女儿的手腕上。

于小北当时很是吃惊,刚要问妈妈,妈妈却用手势打住她说:"那天下午下班前我就买下了它。当时没在你面前买它,是想让你自己悟出一些道理。"

听着妈妈的话,看着手腕上的银手镯,于小北恍然大悟,懂得了妈妈的良苦用心,她知道了妈妈当时的行为是向她传递一种信息。

妈妈送给她的成人礼太深刻了,会是她一生的记忆。于小北这样想。

油菜花

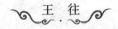

王 往

春天倒下了一座金山,它是大片大片的油菜花。

没有比油菜花更壮观的花了。单株的油菜花没有什么稀奇的,但只要连成一片,它们就主宰了春天的舞台,什么柳絮,什么槐花,统统成了配角,更不用说那些荠菜花、萝卜花了,它们只能跑跑龙套。看油菜花,还是平原上最好。山区的油菜花错落有致,当然是一种美,但是平原上的油菜花更能显示出磅礴的气势,那简直就是黄金铺成的广场。

是的,油菜花的美应当用壮观来形容。平时的乡村虽然处处是花花草草,但总体上来说是散杂的,谦卑的,然而到了四五月份,春风就得意了,就不再低调了,它要让油菜花给它来个夺人眼目的大广告,它要让油菜花放纵一回,表演一回。油菜花不会让春风失望,它让乡村享受了一次皇家才有的金碧辉煌,它让向来谨小慎微的乡村人神魂颠倒一回,它给足了春风的脸面。油菜花让春天的平原饱含芬芳,激情满怀。

我们这里要讲的故事和油菜花有关。

那年春天,她来到了乡村。春天,油菜花绽放的月份。她出城不久,就被大片的油菜花震慑了。它们太美了,美得肆无忌惮;它们太香了,香得叫人晕眩。一大片一大片啊,空气中荡漾着香气的炸药,要把她炸飞,要把她

和春风混合在一起。

　　她突然间开心起来,幸福起来,她觉得选择来乡下亲戚家走走是对的。每天,她都会去田间走走,感受乡村给她的惊喜,感受油菜花给她的生命活力。

　　每到傍晚,她都会看到一个少年,从西边的镇子方向,飞快地骑着自行车经过油菜地,在快到地头时,少年停下车,也走进油菜地,走上田埂。少年若有所思,表情忧郁。

　　后来的一个傍晚,她从田埂上起身,突然发现少年离她只有几步。她吓了一跳,他也一惊。他想转身,她叫住了他。她笑着问他是干什么的,他说他在镇上的水泥预制板厂干活。

　　她又问他:"你也喜欢油菜花?"

　　他笑起来:"油菜花谁不喜欢啊。"

　　她发现他笑起来时很好看,有种乡下少年特有的羞涩。

　　她又问他:"你为什么喜欢?"

　　他愣了一下,躲过她的目光说:"我写过好多油菜花的诗。"

　　她很是惊喜:"哦,你会写诗,可不可以带给我看看?"

他叹了一口气,低下头。他叹气的样子简直像个老人,和他的年纪无法对应。过了一会儿,他说:"你不相信我会写诗吧?我真的会写。"

她赶忙说:"我相信的,相信。"

第二天傍晚,少年给他带来一张报纸,指着上面一首诗,说那是他写的。

她看了,愣了一下,说:"写得不错呢,这是你的笔名吧,以后就用你的真名投稿吧。"

他红着脸点点头。她又说:"你还有没发表的吧,我也想看看。"他又点点头。

就这样他们成了朋友。他带那些没有发表的诗作给她看,她帮他修改。他们坐在田埂上,夕阳铺在油菜花上,灿烂无比,光辉无比。

有一天,他激动地向她奔来,告诉她,自己真的发表了一首诗。

她也激动起来。她高声地念着他的诗。她夸他:"你会成为雅姆那样的诗人!"

他问雅姆是谁,她说雅姆是一个以乡村田园诗闻名的法国诗人,她答应他下次来时给他带来雅姆的诗集。

他感激而又信心十足地看着她,他说:"我还要写,还要写!"

她说:"你会越写越好!"

然后,她掐了几朵油菜花,往少年的头上揉去,边揉边说:"雅姆的头发是黄的,我也给你染成黄的!"

他哈哈笑着,躲让着。突然间,他蹲下身去,摇着头。她问他怎么了。

他说:"姐,我上次是骗你的,上次发表的不是我的诗。"

她笑起来,其实她当时就看出来了,那首诗是她的哥哥写的,哥哥没投稿前就给她看过。可是她看着他身上斑斑点点的泥浆和他蓬乱的头发,不忍心批评他。她说:"你现在不是发表了吗?"

他说:"全村人都嘲笑我写诗,我写了三年了,都没发表过。"

她说:"不要怕嘲笑,只要坚持,姐会帮你。"

她说着，将手放在他的头上。他抬起头。他们的目光碰在一起。他的眼里闪着小小的火苗，像油菜花在晃动。

他说："姐，我想亲你一下。"

她的心一阵慌，脸刷地红了。这是她始料未及的。他十七岁，只是个孩子，而她已为人妇；他朝气蓬勃，而她已被不和谐的婚姻拖累得近乎崩溃，不知下一步会走向何处。

她站起来，看着四周，看着菜地尽头的行人说："我们走吧。"

他却抱着她的腿说："姐，我想亲你。"

她心咚咚跳着。她知道他因为写诗饱受折磨，经不住一点爱抚的引诱，她想满足他的愿望。可是她更知道，她若如他所愿，故事可能会朝着令人难堪的地步发展。

于是，她迫使自己冷静下来。她挣脱了他，径自走开。

他起身，朝着她相反的方向快速走了。她看着他被油菜花染黄的头发，看着他忧伤的身影，突然间觉得自己的残忍，她想叫他站住，却张不开口。

油菜花落了，油菜结籽了，她回城了。她给他带来了《雅姆抒情诗选》，但是他却去外地打工了。

其后的几年间，她不断看到他的诗作发表、获奖。她的欣喜与疼痛同时涌现。那个少年要比别人多承受多少负荷啊。

那天，她接到了他的电话，说他将到她的城市一所大学讲学，说要见见当年的老师。她恍惚了，天啦，这一晃多少年了？她想到他三十几岁，而自己都快四十岁了，镜子都不敢照了。她心慌意乱，手足无措。

她无法决定自己去不去见他。

她推开窗子。不是春天，但是她看到了一大片油菜花，看到了黄金铺就的广场。她在心里说："你来了，我的少年，我的雅姆，我的油菜花染黄的金发少年……"

景大爷

于德北

我认识景大爷的时候,他应该还没有退休,可不知道为什么,在我的印象里,他总是那么悠闲。他常穿一件破旧的跨栏背心,前胸或者后背上总有一个不大不小的洞。他很清瘦,面部轮廓有棱有角,眼睛弯弯的,总含着笑意,头发灰白,似乎带着鲁迅般的硬度。

还有一个印象,他的手里永远会有一个酒盅,有时是玻璃的,有时是粗陶的,有时是细瓷的。这些酒盅像离家出走的孩子,七拐八岔就到了景大爷的碗橱里。

说起他的身世,怕要用三天三夜的时间,所以,在这里,只能拣紧要的讲。

他祖父辈中,有两个人在溥仪的身边做事,一个是景方昶,溥仪的四太傅之一,另一个我不知道名字,听说是专门为溥仪抄写诏书的——景大爷的字写得好大概和家世有关。

景大爷年轻的时候,做过伪满洲国的警察,当过派出所所长,给要人开过道,因为这样的经历,他在"文革"期间颇受了一些罪,全家被下放到前郭尔罗斯,连发霉的苞米都吃不饱。但景大爷天生的乐观精神,让他以无为的方式率领一家六口硬是熬过了那段艰苦的岁月。

　　对于自己的家世，他很少提及。对于曾经的苦难，他从不抱怨。每每把酒临风，或高歌，或浅吟，胸襟之阔寥，让人体会了，便难以忘记。

　　1979 年夏天的某一个下午，我站在冶金地质学校的大墙上，高喊二哥的名字，三声之后，从二楼的窗户里同时探出两个脑袋，一个是二哥景喜猷——景大爷的次子，一个便是景大爷。他乐呵呵地冲我招手，并示意我入楼的大门在前边，我得从楼侧绕过去。

　　我在炽热的阳光里奔跑，很快就冲上了二楼。正是中午，景大爷的身上散发着淡淡的酒香。二哥介绍过我之后，景大爷便"强行"拉我入座，满满地给我倒上一杯葡萄酒——后来我知道，那其实是葡萄汁，酒精度数极小——然后说："都上中学了，该喝点儿酒了。"

于是，我和二哥一人喝了一杯相识酒。这一杯酒，注定了我们终生的情谊。

景大爷说："做朋友就要做诤友，要坦诚相见，互相劝谏。"这句话，我永远牢记在心。

景大爷的一生很不容易，景大娘三十几岁就得了大脑中枢神经萎缩，每日头颅和双手颤抖不已，几乎丧失了劳动能力，一家人的生计全靠景大爷一个人的电工手艺。但他坚持让他的四个孩子读书，不想因为家庭的困窘，耽误了孩子们的前程。

现在，二哥成了国内著名的书法家，应该是与景大爷的言传身教有很大关系。

落实政策之后，景大爷家的生活状况好了许多，他自己装了一台九英寸的黑白电视，让景大娘开心解闷。看电视和听广播之间的差距不言而喻，景大娘有了这台黑白电视，每天的时光都平添了一些色彩。

在我的印象里，景大爷从来没有和景大娘高声讲过话，更不要说吵架斗气了。在医生的预言里，景大娘是活不过四十岁的，但是她现在已经八十岁了，依然还能保持清晰的思维，我想，除了她自己的心胸开阔之外，景大爷也是有一份功劳的。

我是挨过景大爷的训斥的。那是因为我和二哥在一起玩耍，浪费了时间，他撞见后，严厉地让我们在地中央站好，然后，取出宣纸、笔墨，连续写了几幅"白了少年头，空悲切"，他把笔掷在桌子上，大声说："少壮不努力，老大徒伤悲！"

这么多年，这一幕一直深深地刻在我的脑海里。那以后，我和二哥的游戏改成了背诵古诗词，每天背，每天比赛，渐渐地积累，我们每个人的头脑中都刻存了几百首诗词曲赋。

二哥问我："你长大后的理想是什么？"

我说："我想当个作家。"停顿一下，又反问："你呢？"

二哥说："我想当个书法家。"

后来，我们一直在为此努力。

景大爷六十岁那一年，突发脑出血，送进医院不久，便去世了。知道这个消息后，我曾一个人坐在夜色重重的路边哭泣，从我眼泪落下的那一刻起，我便知道，其实，从见面的那一天起，我就是爱他的。

那天，我主持景大娘的八十岁寿宴，在人生回顾这一环节里，我又一次看到了景大爷的照片，他依然在微笑，目光里的轻松和淡然和他生前一样。

他活着的时候，曾做过交代，死后不留骨灰。可儿孙们为了忌日和年节有个想念之处，便把骨灰存在了殡仪馆的灵塔之内。也许是景大爷在天有灵，他去世后没几年，灵塔突发大火，他的骨灰盒如他心愿般地消失了，如烟似雾，回归于天地之间。

我和二哥说："把景大爷写的字给我一幅吧。"他知道我说的是"白了少年头，空悲切"。

他点点头，说："哪天去取吧。"说完这句话，我们就都沉默了。

女兵的秘密

王培静

大三时，许多同学都在忙着谈恋爱，确定未来的工作方向。当毕研听说部队要招收国防生的消息后，她的心动了，因为她的高中同学鲁一贤就在西藏当兵。再说，她从小就有个女兵梦，考上大学后，原以为这辈子没机会穿那身既漂亮又精神的绿军装了，没想到上天能来给作美。

那几天，晚上她兴奋得翻来覆去地睡不着觉。

同寝室的周东东说："研研，老实交代，最近是不是谈恋爱了？"

另几个女同学也说："这两天研研是有点儿不正常，是不是拿下了个富二代，宝马、别墅都到手了？"

研研想了想说："那样的好事，我做梦也不去想，我是想去——当兵。"

"当兵？"东东上来摸了下她的额头，"你没病吧？"

另几个女同学也都七嘴八舌地说："都什么时代了，还有这么天真的想法？"

"你受得了部队上那罪？烈日下要和男兵一样训练，你这光滑可爱的小脸蛋，能承受得了？晚上还要值勤站岗，你不害怕？"

"听说部队上连内衣都是统一的大背心、大裤衩，不让戴首饰，不让化妆，多没意思。"

不论同学们怎么说,当研研参加了学校组织的国防教育动员会后,更坚定了她报名参军的决心。她心里想的是,她要给鲁一贤一个惊喜。

她想象着:当有一天,她趁休息日赶去看他,一下子出现在他的面前时,他会是一个什么表情?不相信自己的眼睛?又惊又喜?然后两人开心地走向荒无人烟的野外,天是那样蓝,空气是那样清新,两人好好说说知心话,叙叙离别之情。

谈话、填表、体检,一切正常地进行着。可当她知道学校没有去西藏的名额时,心里不免有些许地失望。但又一想,能穿上军装,自己的梦想就实现了一大半。军队要换防什么的,说不定哪一天,自己会被调去西藏,或鲁一贤会调到她所在的军营,那样的见面会更有意思。

结果,毕研和十几个女同学被分去了西沙群岛。当她们乘飞机,倒火车,又坐轮船,换快艇到达岛上时,整整用了六天六夜。

刚上岛时,毕研感觉这儿太好了,碧水蓝天,可以天天看到大海,还有那么多海鸟。第二天,女兵们就领略到了海岛上太阳的威严。早晨起床后还有些凉意,出操时太阳就开始发威了,几圈跑下来,个个脸上淌汗不说,身上也湿漉漉的,难受得不行。没待两天,所有人都后悔来这儿了,毕研也不例外。

上级规定,每个人一天只能用一脸盆水。看着离海这么近,但海水咸度太高,不能洗脸,不能做饭,不能喝,也不能洗澡。

听老兵说,正常情况下,半个月才能洗一次澡,要是赶上大风大浪,给养船来不了,一个月洗一次澡的情况也有。男兵们更惨,平时一个月才能容许洗一次澡。这对爱美的女孩子们来说,绝对太难以接受了。

整整三个月的新训结束,毕研身上掉了十斤肉,浑身累得骨头像散了架,饭吃不下,觉睡不着。她不敢照镜子,脸和脖子几乎掉了一层皮不说,可能由于水土不服,脸上长满了小痘痘,还被紫外线涂上了重重的油彩。

这天是休息日,她穿上军装,破例偷偷打扮了自己,跑到海边,用手机给自己拍了许多照片。她坐下来,从拍的照片中挑了张自己最满意的,写了两句话:"一贤战友,看看我是谁? 能认出我这个丑女孩吗?"发了出去。

等待的时间显得特别漫长。她以为鲁一贤收到她的照片认不出她来了,所以没有回话。又一想,也不对呀,他知道自己的手机号码呀。离得太远,信号传不过去也有可能。当她对此事不再抱任何希望时,三天后下午训练回来,打开手机,突然看到有一条未读短信。

她感觉脸上一阵发热,幸好脸上的红色掩盖住了她的表情。她看了看四周,见没战友注意她,悄悄走了出去。这么长时间,她从没把自己穿上军装的事情告诉过鲁一贤,他肯定还以为自己始终还生活在东瑞的大学校园里。找了个没人的地方,毕研打开了手机:"研,这不是你吧,你没有这么瘦呀? 要是你,这是穿人家谁的军装照的相? 想穿军装照相,等我探亲时回去,让你穿上军装照个够。"

看完短信,毕研的心跳有些加快,哈哈,他猜出是我来了。毕研想了想,又回了条短信:"一贤,我参加国防生应征入伍到部队三个月了,我现在南海舰队的西沙群岛服役。经过风吹日晒,我黑了,也变丑了。"

两天后,鲁一贤回了短信:"研,你说的是真的吗,那我们今后就是亲密的战友了。在我心里,你穿这身军装的样子最好看,最美。"

看完短信,毕研流下了幸福的眼泪。

学伴儿

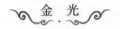

金 光

　　新学期开学的第二天,母亲与父亲商量让我去读书。

　　父亲沉默了片刻,犹豫地说:"一个不满七岁的小孩儿跑十来里路,怕不中吧?"

　　那时候,母亲正坐在檐下捶小豆,她狠狠地捶着面前的豆角说:"咱住这后山沟里能有啥办法? 咱们是文盲,再不让孩子上学,他也是个文盲。这一代一代都是文盲,哪是个头啊!"

　　父亲没吭声,目光随着母亲手上的棒槌一上一下,那沉闷的声音敲在他的心上。

　　母亲终于停下了手中的活计,抬起头看着在一边玩耍的我,说:"我背着他。"

　　第二天一早,酣梦中的我就被母亲哄了起来,她给我换上了一身新衣服,背着我出了门。

　　我们住的地方叫石板沟,听母亲说,打我出生到现在,我出过两次沟,一次是去外婆家,另一次是发高烧被父亲背着到村部打针。这条二十多里的窄条沟,前半沟尽是光石板,到了后半沟才有树木和庄稼。我们村的小学和初中,就在沟口的村部,离我家足有十五里山路。母亲背着我到学校时,有

102

很多孩子也来报名。母亲给我报了名并领了课本后,坐在课堂后面的墙角陪我上课。那会儿,我既喜欢老师讲课,又怕母亲离开我,不时扭头看后面的母亲。开始她总是对我点头微笑,后来就靠在墙上睡着了。

上学的第一天,我不记得自己是如何度过的,只知道老师宣布放学时,母亲又把我背了回来。也就是从那天开始,母亲成了我的学伴儿,早上背着我上学,下午再背着我返回,那一去一回的十五里羊肠小道就成了我们母子的连心路。

冬天天亮得晚,四点半我就被母亲叫起来,穿上厚厚的棉衣,趴在她的背上一直睡到学校。无论刮风下雪,我都会在六点二十分之前到达学校的操场,站在早操的队列中。母亲说,她常听到我在她的背上说梦话,她也跟我的梦话对话。有一次,她这样和我对话:

"三六一十八,是三个六,还是六个三?"

"咱们一会儿就到学校了,到课堂上,你好好问问老师。"

"我怕老师拧我耳朵。"

"咱不捣乱,好好听课,好好回答问题,好好做作业,她就不拧你耳朵了。"

"范小路老夺我铅笔。"

"乖,你跟他说,铅笔是做作业用的,让他和你做好朋友,明天妈给他带好吃的。"

…………

有一天早上,我正和母亲在梦中对话,突然重重地摔在地上,睁眼一看,母亲在石板上滑倒了,雪地里,传来她痛苦的呻吟。我摸黑拉着母亲,感觉她手上黏糊糊的。正要说话,她翻身站了起来,又背起我一拐一拐地往学校走去。中午放学我才知道,母亲在雪地里滑的那一跤,被石刀子割裂了腿,在村卫生所缝了八针。

上三年级的时候,我不再让母亲背了,而是与她手拉手步行。遇到难走

的路,我还可以帮助母亲。

母亲笑着说:"你长大了,明年,我就可以背着你妹妹上学了。"

我说:"不,等妹妹能上学的时候,我背她。"

母亲就在我的头上轻轻地拍了一下,说:"好。"

我在班里的学习成绩一直是第一,老师问我:"为什么学习成绩这么好?"

我想了一会儿说:"我妈每天陪我上学,我是两个人在学习,而他们是一个人学习。"

老师笑了,把我的话反馈给母亲,母亲也笑了。

在我的记忆中,我和母亲有一个斗狼的场景。也是个雪天,我和母亲手拉手正摸黑前行,突然看到前面不远处的石堆上蹲着一只红毛狼。在我们伏牛山里,常有红毛狼的行踪。红毛狼个头不大,但喜欢结队成群,或三五只,或七八只,它们常前后夹击地袭击家畜。

我眼尖,一见红毛狼就叫了一声,本能地往母亲身后退去。

母亲冷静地说:"肯定背后还有。咱们不要乱动,用这个扎子准备着,扎住一只,别的就跑了。"

母亲送我上学,手中总拿一根木棍,一头套着铁锥子,一来挂着可以防滑,二来夏天见蛇、冬天遇狼了可以防身。这会儿它真的派上了用场。前面的那只狼一动不动盯着我们,后面两只试探着攻击我们,母亲端着手中的扎子对着它们。就这样,我们从早上五点对峙到七点多,几只红毛狼看无法近身,这才夹着尾巴顺山梁逃走了。

看着群狼逃离,母亲的手抖动着,继而扔了扎子,抱着我哭了起来。

那是我唯一一次迟到,不但没有受到老师批评,上语文课的时候,老师还让我写了一篇斗狼的作文。

在母亲的陪伴下,我在村部上完了小学后,正赶上乡村学校合并,初中撤到了乡里,可以住宿。我就在每周日下午被母亲送到学校,第二个周五的下午，再被她接回来，不再为每天跑几十里的石板小道而劳顿了。

二十年后的今天，我成了一名测量工程师。跟人闲聊时，都说自己上学如何如何艰辛，我却说："我上学的时候，艰辛的不是我，而是我的母亲。"

父亲的大学

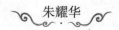

朱耀华

我终于考上了大学。那是州里最好的一所大学。

我考上了大学，自然，最高兴的是父亲和母亲。那几天，父亲都乐呵呵地合不拢嘴，整天空着一个袖管，到处晃来晃去，播放着我家的好消息。从来烟酒不沾的父亲那几天抽起了烟，也喝起了酒，偶尔还哼点儿小调。我知道，那都是高兴惹的。有时候，父亲呆望着远方，眼睛莫名其妙地就湿了。我知道，那也是因为高兴。

"人一高兴，有时候就像个孩子。"母亲也是这么说的。

父亲的右手是在一次矿难中失去的。提起那次矿难，父亲就充满了感恩。父亲说，他命大福大，要是救援稍稍慢一点，他这条命就没有了。和命比起来，一只胳膊显然算不了什么。

"我就听到轰隆一声，人好像飞了起来，然后什么也不知道了。"父亲常常感叹，眉宇间除了后怕，似乎还有几分自豪，好像他是从战场上归来的将军。

那天晚上，父亲向我开启了一个他一直珍藏的秘密。

父亲说："孩子，我们，以后就是校友了。"

我莫名其妙地望着父亲，我想，父亲是高兴得有点儿颠三倒四了。

　　父亲叫母亲打开箱子。那口箱子放在衣柜顶上,平时上着锁。父亲从箱子里面拿出一个小木盒子。小木盒子里面是一块猩红的绸布。绸布打开,是一个黄色的牛皮信封。我惊奇地发现,那个信封上面印着我考中的那所大学的名字,而收信人竟然是我的父亲。

　　父亲从信封里拿出一张泛黄的录取通知书,轻轻地展开。父亲向我展开的是一个令人难以置信的事实:二十六年前,父亲考上了这所大学。

　　父亲向我讲述了下面的故事——

　　那时,我刚满十九岁。我考上了大学。通知书来的那天,全家都乐疯了。天哪,大学,那是多少人梦寐以求的啊。

　　那几天,家里就像过节一样充满了欢乐。然而,很快,家里就发愁了,那一笔学费和路费就像一块大石头沉甸甸地压在了全家人的心上。

　　入夜,我听到了父亲母亲的叹息声。

　　父亲说:"该借的地方都借了,还差一大截。况且,这学期过了,下学期呢?"

母亲说:"无论如何,这学,也得让娃儿上啊。"

"这道理我懂。"父亲说,又一遍一遍地重复,"这道理我懂。"

我心里难受起来,是啊,这道理谁都懂,可是,家里穷啊。父母都是土里刨食的农民,哪里有这一大笔钱呢? 我听着,心里梗得慌。

到了白天,我上山放牛,父亲就又出门了。我知道,父亲是借钱去了。父亲去了二姨家三姨家和姑姑家,可是,父亲回来时却是垂头丧气。接连几天晚上,我听到的全是父母的叹息。他们都以为我睡着了,其实我才没有哩。我在他们的叹息声中紧咬着嘴唇,我不让自己哭出来。

有天晚上,我听到父亲说:"有了,我有办法了。"

我心里一动,侧耳倾听。母亲问:"你有什么办法?"

父亲说:"把牛卖了,不就有了吗?"

母亲也先是一喜,然后又伤心起来。母亲说:"牛卖了,家里的田靠什么?"

父亲说:"再想办法呗。过了这个坎再说。"

我的心情又沉重起来,我知道牛在我们家里的分量,牛就是我们家的一员哪。

我听到母亲轻轻地啜泣起来。我又听到父亲说:"不就是一头牛吗? 娃儿读了书,你还怕换不回来一头牛?"

那天晚上,我没有睡着。经过深思熟虑,第二天,我对父母说:"大学我不上了,我到煤矿当工人去。"

那时候,煤矿正在招工人,当工人也是很光荣的。

父亲不同意。父亲说:"好不容易考上了大学,怎么不去了?"

母亲也看着我说:"这娃儿,怎么变成傻子了?"

我说:"爸,妈,我知道家里没有钱,我当工人就可以挣钱了。以后还有妹妹哩。妹妹读大学的时候就有钱了。"

"谁说没有钱?"父亲瞪着我说,"再说,再没有钱,你读大学的钱我还是有的。"

我说:"爸,家里的牛不能卖。"

父亲和母亲对望了一眼。然后,父亲的眼睛红了,母亲的眼睛也红了。父亲掏出烟来,滋滋地吸着。半晌,父亲对我说:"那是大人的事,你不用管。"

我犟着说:"爸,牛就是不能卖。"

说完,我的眼泪吧嗒吧嗒地落下来了。

父亲蹲在地上,嘴里含着烟管,望着远处。母亲捏着衣角,一会儿看看我,一会儿看看我的父亲。

那头牛还是被父亲卖了,钱给了我。我打听到买主,又揣着那笔钱去把牛赎了回来。父亲犟不过我,最后,他们默认了我的选择。

就那样,我当了煤矿工人。从那以后,我的大学梦就一直埋在了心里。我做梦都在读大学。后来,我去过那所大学,我在里面转悠了半天。很漂亮,啧啧,真的很漂亮……

父亲伸出手来,摸着我的头说:"儿子,你圆了我的梦啊。"

我说:"爸——"

父亲抬起衣袖,揩了揩我的脸。父亲说:"不要哭了,儿子,你现在是大学生了。我们家再也不用卖牛了。"

我,父亲,还有母亲,我们都笑了,笑出满脸泪花。

喜旺的年

谷 凡

　　小孩子最盼望过年,过年不仅可以放鞭炮,还可以得到压岁钱。喜旺也盼着过年,但他不是为了放鞭炮和压岁钱,他盼望着过年能见到爸爸妈妈。

　　窗外飘着雪花,有几片有意无意地落到喜旺的身上。雪花越飘越多,不一会儿,树上和房子上落了白白的一层。喜旺注视着飘落的雪花,非常沮丧。是的,他害怕,特别特别害怕这场雪下大,如果下大了,又会不通车。

　　噼里啪啦,一阵鞭炮声传来,再有几天就要过年了。听响声,这鞭炮是世界家放的,肯定是世界的爸爸妈妈从外面回来了。这几年只要谁的爸爸妈妈从外面打工回来,到家后总是要先放一挂鞭炮。

　　喜旺的爸爸妈妈今年过年也要回来,自从他知道爸爸妈妈要回来过年的那天起,就天天数日子,兴奋得睡不着觉。腊月二十三,腊月二十四……终于熬到了腊月二十八,一大早喜旺就起了床。等喜旺把早饭做好,天空居然飘起了雪花。

　　喜旺今年九岁了,上小学三年级,本来早上他是不用做饭的,因为现在不是农忙季节,不农忙的时候奶奶是不让他干学习以外的事情的。可今天他高兴,也想让奶奶高兴,就早早起来做好早饭。奶奶六十多岁了,而且还有高血压,平日里,这个家里只有喜旺和奶奶两个人。

　　一边做早饭,喜旺一边想着爸爸妈妈回来的样子。他们会给自己带什么礼物呢? 说实话他什么都不想要,只要爸爸妈妈能回来过年,他就高兴。有一次同学把一本名叫《老夫子》的书偷偷放到他的书包里,硬说是他偷的,威胁他要五块钱,如果不给就报告老师说他偷东西。喜旺非常恼怒,就和那个同学打了起来,结果被老师罚站。

　　放学的时候喜旺觉得自己非常委屈,他特别想念爸爸妈妈,可是,他连爸爸妈妈在哪里都不知道。奶奶一会儿说他们在深圳,一会儿又说他们在广州,到底在什么地方她也说不清楚。其实,不管是深圳还是广州,离他都非常遥远,深圳和广州是什么样子呢?

　　雪越下越大,喜旺的心越揪越紧,他真想上去用身体挡住天上那个下雪的口子,让雪不要再下了。

　　"喜旺,你爸爸妈妈回来了,快去接哟!"是隔壁二爷的声音。

　　爸爸妈妈回来了,真的回来了。喜旺顾不上丢下手里的书本,转身冲出大门,奶奶在后面喊:"拿把伞,拿把伞……"

　　喜旺一口气跑到村东头的那条路上,路上安安静静,连爸爸妈妈的影子也没有。不会的,二爷是不会骗人的,他说爸爸妈妈回来,爸爸妈妈一定在

路上。就在喜旺忐忑不安的时候，远远地，有两个人影从路的另一头走来。是爸爸妈妈，喜旺兴高采烈地迎着那两个人奔跑。

近了，又近了，喜旺喘着气，爸爸妈妈就在前面，喜旺笑出了声。

跑了一会儿喜旺感觉上气不接下气，他放慢了脚步，回头望了一眼村子。不知不觉喜旺离村子越来越远，喜旺不跑了，他准备就这样迎着爸爸妈妈走过去。喜旺在心里数着，二十一步，二十二步……是他们，就是他们，他日日夜夜想念的爸爸妈妈真的出现了。喜旺走到了爸爸妈妈身边，他想张嘴喊爸爸妈妈，可不知怎么，他居然没有喊出来。

爸爸妈妈走到喜旺身边，脚步匆匆，他们是那样急切，恨不得一步就跨到家。他们低头望了一眼喜旺，像望一个陌生的孩子一样，又急匆匆地往前走。

喜旺和爸爸妈妈擦身而过，他们居然没有认出他。喜旺的鼻子一酸，委屈的泪水不听话地流了出来。爸爸妈妈已经有三年没有回来过年了，他们走时，自己才六岁，而现在他已经长高长大了。

喜旺还记得，爸爸妈妈走的那一天，奶奶带他串亲戚去了，回来的时候，屋里屋外不见了爸爸妈妈的身影。他整整哭闹了一个星期，可不管他怎么闹，就是不见爸爸妈妈的影子。一星期两星期，一个月两个月，他就这样跟着奶奶渐渐长大了，大到他们都认不出了。

爸爸妈妈走的第一年，本来要回来过年的，可是没有买到车票；第二年大雪封路；第三年老板要给过年留下不回家的人发红包。想到这些，喜旺忍不住哭出声来。

这个时候，雪停了，喜旺看着爸爸妈妈进村的身影，一股莫名的委屈油然而生……他躲到村头的一面矮墙下，呆呆地望着天，想着自己给奶奶要二十块钱买的鞭炮还没有放呢！

远处传来了奶奶的叫喊声："喜旺，你在哪里？你爸爸妈妈回来了……"

谁"偷吃"了

海·华

那是好多好多年前的事。

俺村的伍婶生了三个儿子:老大大牛十三岁,老二二牛九岁,老三小牛五岁。那时候家里穷,伍婶一家五口平日很少有肉吃。那天下午,伍婶正要出门干活儿,邻村娘家人卖了一头猪,送来一块猪肉。

伍婶一高兴,三下五除二地做了红烧肉,装了满满一钵,放在吊篮里挂了起来。她柔声叮嘱小牛:"傍晚你两位哥哥放学回家,就说等爸爸妈妈回来,晚上有肉吃。记住,可别偷吃哟。"说完,匆匆下地去了。

一眨眼,太阳快要落山了。大牛和二牛放学后,前后脚回到家。大牛

见小牛两只小眼睛不时瞄向那吊篮,以往的经验告诉他,准是有好吃的,便悄声问小牛:"跟哥说说,吊篮里有啥好吃的?"

小牛所答非所问地说:"妈说等爸爸妈妈回来,晚上有肉吃。"

"哦!"几乎不记得肉是啥味道的大牛和二牛一听,顿时满脸放光。

大牛双眼滴溜转了两圈后,快手快脚地端来一张凳子,站上去,将吊篮取下,一看,果真有满满的一钵红烧肉!二牛和小牛直吞口水……

大牛看在眼里,更是主意已决。他不经意地说:"嗨!好长时间没吃红烧肉了,来,咱哥仨一人先尝几块,解解馋。"

"哥,这……不太好……好吧。"二牛有些犹豫。

小牛也帮腔:"哥,妈下地前说过的,叫不要偷吃哟。"

"哎,没事。反正满满一大钵呢,咱先吃几小块,爸妈也不一定看得出来。"大牛继续鼓动。

二牛又讪笑着说:"天快黑了,爸妈也快回家啦,怕来不及咧。"

"是呀,是呀。"小牛又小声附和。

"别磨蹭了,我说没事就没事啦。来来来,我先尝。"说完,手一伸,接连吃了三四块红烧肉。尔后又说:"你俩接着来哟。"随即独自跑到水缸边,又是漱口又是洗手……

老大带了头,二牛也不再犹豫,他动作麻利地吃了两小块红烧肉后,也悄悄地把嘴巴擦了又擦,把手洗了又洗……

小牛紧跟着挑了一大块红烧肉,有些慌乱地塞进小嘴巴里,大口大口地吞咽着……

这时,门外突然传来伍婶的说话声,屋里顿时一片慌乱。转瞬间,伍婶已闪身进屋,她一抬眼,瞥见放在饭桌上的吊篮,大牛和二牛神色有些尴尬地站在一旁,小牛躲在大牛身后,便两眼一瞪,一脸狐疑地问:"咋啦?吊篮咋取下来了?难不成你们偷吃红烧肉?"

"没……没有。"三兄弟异口同声地否认。

"真没有？"伍婶上前打开吊篮一看，那钵满满的红烧肉，已明显少了好几块，便又追问大牛。

"我真没有。妈，我只是拿下来看看有啥好吃的。这不，刚放下，你就进来了。嘿嘿……"大牛张开双手，淡定地回答。内心暗自庆幸：真悬！好在没留下啥痕迹。

"你呢？"伍婶转头问二牛。

"我也没有。哥说得没错。不信，妈你看嘛。"二牛下意识地努了努擦得一干二净的嘴巴，伸出两只洗干净的手，心里窃笑道，好险！多亏动作快。

伍婶一把拉过躲在大牛身后的小牛，见小牛两边嘴角和下巴都有些油渍，右手还油腻腻的，她立马转身找来一根小竹竿子，嘴里骂了句："就你嘴馋……"

事已至此，大牛本想劝阻，可一转念，红烧肉被偷吃了，总得要有人埋单。再说，平日老妈最疼爱老三了。于是，他狡黠地一笑："妈，小牛还小。"

"还小？小就惯着他？"伍婶忽地把嗓音抬高好几度。

小牛满脸委屈地想说什么，可一看两眼直瞪着自己的大哥和二哥，只好怯生生地一噘小嘴唇，带着哭腔嗫嚅道："妈，我……"

"我什么我！明明偷吃了，还想撒谎不成。等会儿你爸回来了看怎么收拾你。"说完，伍婶旋即举起手中的小竹竿子，朝小牛的屁股狠狠地抽去……

爹妈去哪儿了

警 喻

连日来,我一直期盼着在外打工的爹妈回来。可是,也只能是期盼。

东院二蛋又放鞭炮了,浓浓的炮仗味蹿过板杖子弥漫在我家的院子里。

二蛋自从爹妈从城里打工回来,就天天放鞭炮。

二蛋虽比我小一岁,个头却和我差不了多少,可他天天有鞭炮放。

二蛋每次放鞭炮,我都从板杖子的缝隙中张望。在二蛋的鞭炮声中,我更加期盼着爹妈早点回来，那样我也能像二蛋一样，有鞭炮放。

这之前，我每天都在期盼，后来爷爷听二蛋他爹说，我的爹妈离婚了，都在外面成了家。今年他们谁都不回来了。

我不知道他们为啥要离婚，也不知离了婚是怎么回事。从爷爷的眼神里看出爹妈的离婚让他很伤心。

今天，是大年三十。日头从东山刚一冒头，爷爷就推着自行车驮半编织袋黄豆去集上了。我依然站在院里，看二蛋放鞭炮，依然闻着那好闻的鞭炮味儿。爷爷回来的时候，我正在地上捡从二蛋那院崩过来的未燃爆的鞭炮，爷爷喊着扔掉，我一惊，那枚鞭炮掉在了地上，爷爷支上自行车慌乱着扯膀子把我捞进屋里，我委屈地哭了起来。

爷爷说："那很容易崩坏手的，知道不？"

爷爷的眼睛湿润了，看上去爷爷很心酸。

爷爷从自行车上卸下那个装黄豆的编织袋，把它拎进屋里，编织袋里已经不是黄豆了，鼓鼓囊囊地装着杂七杂八的东西。爷爷从那个编织袋里拿出来一顶棉帽子扣在我的头上，又拿出一双雪地鞋帮我穿在脚上系上鞋带。爷爷眯着眼睛看着我，伸出他那粗糙的手在我的脸蛋上捏了一下，然后，变戏法似的从编织袋里拿出一大把鞭炮，乐得我一下子窜到了爷爷的怀里，爷爷亲着我，胡楂子扎得我脸生疼。

爷爷把我放下说："走，跟爷爷放炮仗去。"

我雀跃着窜出门外，扯着嗓门儿喊："放炮仗喽！放炮仗喽！"

任凭我咋喊，二蛋家的门像是被钉子钉死了似的，没有开。

我很失望地捂上耳朵看着爷爷放鞭炮。

爷爷往炮仗屁股上吐口唾沫，然后把炮仗屁股坐在冰地上，点燃后，跑回我的身边儿，炮仗一下子蹿到空中，叭叭地炸响。爷爷的炮仗比二蛋家的大，比二蛋家的响。可二蛋没看到我家的炮仗，我觉得有些对不住二蛋。

晚上，爷爷和好面，拌好馅，包了一盖帘饺子，在二蛋家劈里啪啦的鞭炮

成长·青春是最温柔的悬念

声中,把饺子下到锅里……以往这个时候,爹爹会搬出一箱罐啤,和爷爷一罐一罐地对饮。这个三十晚上,爷爷破天荒地没喝酒。

这个年总算过来了,那一年,我八岁。

过了正月到二月,二蛋的爹妈又出打工了,二蛋哭闹着追出好远好远,躲在树林子里的我,真想跑过去帮二蛋把他们留下来。可我的脚就像生了根,一动也动不得。二蛋追累了,在我不远处停了下来。

我见二蛋的爹妈已消失在山路上,便从树林子里钻出来,树上的雪被我碰掉落得满身都是,白花花的。

二蛋以为碰上了山牲口,吓得尥蹶子跑,我就喊:"二蛋,二蛋!"

二蛋听我喊他,就收住了脚,抹着眼泪说:"他们又走了。"

我不知道该说啥,只觉得心里挺难受。

我和二蛋拉着手往回走,一句话也没说。

我刚进院子,就听爷爷在和谁说话,爷爷的声音很高,很吓人,简直是在吼。

"眼瞅着要开学了,你的孩子你不管啦? 有种你永远别回来!"接着就听啪的一声,我知道那是爷爷摔电话的声音。

我急忙冲进屋里,捡起地上的电话,哭喊着:"爹呀,爹爹,你在哪儿呀!"

我央求爷爷把电话打回去。

爷爷很无奈地说:"他是在电话亭打来的。"

我哭叫着:"爹妈你们在哪呀?"

几天后,二蛋背着崭新的书包来到我家找我上学,爷爷深深地吸了口旱烟,呛得咳嗽起来。看着爷爷褶皱得像榆树皮似的脸,我知道他的心里定是压了块石头。

那石头,很沉很沉。

野猪横行的日子

夏一刀

我爹说:"穷且益坚,不坠青云之志。"

我爹说:"饿死事小,失节事大。"

躺在光席上,望着天上的星星,我爹给我们讲古人不为五斗米折腰的故事。

有一天,我捡了一块钱,立刻交给了老师。爹拿着我得的奖状,笑得合不拢嘴。爹说:"西儿,好样的!"

那一年,我九岁。

爹说归说,我们听归听,吃起饭来,我们三兄弟还是像地狱里逃出来的饿鬼。

那个时候,吃上一顿饱饭,是人生最大的梦想。

爹出早工回来,拖起一个土碗到锅里盛粥。站在灶边,爹嘴一嘬,呼噜噜一阵响,一碗水一样的稀粥就到了肚里。

母亲说:"吃一点干饭吧,吃一点菜。"

爹说:"饱了饱了。"就拍拍肚皮,坐在门槛上抽叶子烟去了。

爹抽完烟,到水缸里舀了一大瓢水喝下,就敲响了挂在门前枣树上的铁钟,带领社员出工了。

119

爹那时是生产队长。爹读过书,有文化。爹长得伟岸,爹是我们三兄弟最大的骄傲。

那时候,野猪横行。

开会的时候,爹问牛婆:"牛婆,昨晚红薯地里是不是又来野猪了?"

牛婆说:"是的,夏队长,昨晚我和老虾、革命三人一起守夜,我们三人是轮流着睡呀,不知道那些畜生怎么还是把红薯拱了一大片,唉。"

"今晚轮到疤子和泥巴还有老狗守夜了吧?"

"是的。"

"那好,疤子、泥巴、老狗,你们三人晚上不要睡太死,听到没有?"

疤子和泥巴、老狗点头说:"是!"

守夜归守夜,一个秋天下来,一大片红薯地还是被野猪糟蹋得差不多了。

爹对着县里来蹲点的干部说:"没办法啊,野猪太猖狂了,您看今年的任务是不是少交一点儿? 要不,真的会饿死人的。"

野猪不但糟蹋红薯,还糟蹋苞谷。

爹一遍又一遍地警告我们说:"野猪的毛像钢针,一碰到人,就能把人扎成筛子;野猪的獠牙有一尺多长,能把人叉死;野猪用长嘴一拱,就能把人拱到半天云里;野猪跑起来像风,人怎么跑都跑不过的。千万不要到苞谷地里去,知道吗?"

有时候我们走夜路,走着走着,背后好像有窸窸窣窣的声音,就想肯定是野猪蹑手蹑脚地跟来了呢,也不敢回头,心惊肉跳地走一阵,就突然狂奔起来。

我们害怕野猪,却未曾见过野猪,便极想看到。

我和哥说:"哥,敢不敢去见野猪?"

哥说:"敢。"

我哥比我大一岁半,却长得比我矮且瘦。我便和像弟弟一样的哥哥选了一个有月光的夜晚去看野猪。

仲夏的夜晚,有风。风拂着密密匝匝的苞谷林,叶片发出沙沙沙沙的声响。我和哥各自手里拿了一根木棒,弯下腰朝着苞谷地深处走去。

果然,不一会儿,就听到不远处传来哗啦啦的苞谷秆相互撞击的声音和苞谷秆被折断的咔咔声。哥紧挨着我,吓得发抖,我的心也怦怦跳个不停。

我小声说:"哥,我俩再挨近一点儿吧。"

哥僵在原地,死活不肯上前。做弟弟的我却突然冒出一股勇气,就甩下哥哥,朝发出响声的方向爬了过去。

那一夜月光如水。我轻轻地、悄悄地拨开前面的苞谷叶,眼前的一幕让我呆如木鸡。

我爹在苞谷林中,疤子、泥巴、革命、老狗他们在爹的指挥下,疯狂地掰着苞谷,我爹再用脚把掰过的苞谷秆一根一根地踩倒。

爹赤着膊,挥舞着大手把掰下的苞谷集中在一起,一遍一遍地数,之后一个一个地数给疤子他们。

我看月光下的爹,竟如一个打家劫舍、杀人越货的匪首,那么龌龊、卑鄙、奸诈。

爹在我心目中的形象轰然倒塌,我的心被击得滴血。

我放声哭起来。爹闻声过来把我一把钳起来。我突然一转身,狂奔起来。我哥尖叫着,在我背后连滚带爬地跟着我。

第二天,我没有和爹说话。从此之后我不再和爹说话,碰到爹,我眼一低,侧身过去。

爹再也不呵斥我,有时三兄弟同时做了坏事,哥哥和弟弟都挨打,但我没事。

我拿了一把弹弓,恶狠狠地朝着枣树上的铁钟狂射。

爹坐在门槛上抽烟,一眼一眼地看我,看得出他想和我说话。但我不管。爹丢了一地的烟头,最后闷声走了。

学校"斗私批修",我写了一篇小字报。

一个十分闷热的下午,蝉的叫声奄奄一息。县里和乡里来了调查组。大礼堂里挤满了人,会场里的空气令人窒息。

我爹突然从人群中站起来,他把搭在肩上的汗褂不慌不忙地穿在身上,脚步坚定地走上主席台。

爹说:"别查了,是我干的。"

"跪下!"县干部一声断喝。

爹跪下了一条腿。一个干部飞起一脚,将爹的另一条腿踢弯下去。干部叉开五指,将爹高昂着的头使劲按压下去。

汗像水一样从爹的身上泻下来。

我躲在角落里,看着哭泣的母亲,心头一片茫然。

晚上,我悄悄地躲在枣树下,不敢进屋。突然,有人摸我的头,我回转身,看到爹赤着膊,穿了一件破旧短裤默默站在那里。

爹又伸手摸我的头。爹说:"饿死事小,失节事大。西儿,你是好样的!"

我突然一下抱住爹的腿,放声大哭起来。

转　学

于心亮
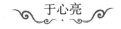

张琪要转学了。

我很难过，于是去钓鱼。鱼没钓上来，却钓了一只王八。我看着王八，王八看着我，我俩都没说话。过了一会儿，我主动开口："王八，我把你卖了吧！"

有人给四百，我不卖。这人继续絮叨。我让他滚蛋。这人站一旁，别人来买王八，他就赶人走。我擂了他一拳，把他打伤了。这人要赔偿，一分钱没花，提走了我的王八。

我一打听，这人叫赵奎。

我走进网吧，和周梦联手打了会儿游戏，帮他赢了一套装备。周梦答应帮我去教训那个叫赵奎的人。于是到了晚上，我们拿石头砸碎了赵奎家的玻璃。

第二天，赵奎找到我，问为啥打他家的玻璃。我说："你为啥说是我打的？"

赵奎说："肯定是你，没别人。"

我说："你诬陷我，没好果子吃，信不？"

赵奎说："你想怎样？"

我说："我要我的王八。"

赵奎说："王八没了，让我送人了。"

到了晚上，赵奎家的玻璃又碎了一地。

赵奎给我六百块钱。我不要，我要王八。

赵奎说："真送了人。说谎，我就是王八！"

我坚持要我的王八，还想着除了打玻璃，还要扎破他的车轱辘。

赵奎找人来教训我。我掏出刀子挥舞，找来的帮手就回头教训赵奎："为了个王八，至于这样吗？"

赵奎说："这小子逼人太甚，王八送了人，我能再要回来吗？"

可最终，赵奎还是把王八还给了我。我接过王八看了看，然后又给了他，并告诉他："两清了。"

我在赵奎的惊讶中离去。路上碰到周梦，他要借我的刀。我谎称丢了。

在网吧外面，我俩堵住了惹周梦的人。

对方说："别打脸，行不？"然后就捂着脑袋蹲下去。

周梦骂他孬种，让他站起来打。可对方就是不站起来。我就拉着周梦离开了。

周梦气愤难消，说要找个不顺眼的人，揍一顿解解恨。不顺眼的人没找到，反倒看见一只小猫困在树顶上。周梦就骂猫："闲着没事，爬那么高干啥?"

然后周梦就爬上树救猫。我让他小心点儿。他说没事。结果周梦就抱着猫从树上掉下来了。

猫没事。周梦趴在地上,半天没爬起来。我以为他死了。但周梦说还不到时候。

周梦让我去他家。我不去。周梦要挟我,说借我的钱不还了。

去了周梦家,他妈看到周梦鼻青脸肿的,以为他在外面打架,气得要揍周梦。我急忙替周梦解释,说是周梦爬树救猫给摔的。

周梦的妈就白我一眼说:"你怎么不爬树去救猫?"

我认真地继续解释:"我不会爬树,如果下次猫掉进水里,我一定会去救的。"

离开周梦家,我发誓以后绝不听周梦的了。钱不还就算了。

但我需要钱。我已经好多天没吃午饭了,但攒下的钱依旧很少。被周梦救助的猫尾随着我,它把我当成了好朋友。我看着猫,猫也看着我。我温柔地说:"猫,我把你卖了吧!"

我去卖猫。遇到了赵奎,他给我六百块,买猫。我不卖。

赵奎说我是傻子。我不理他,也不想跟他吵。如果猫跑了,我就没什么可卖了。

这时候有个老奶奶朝我跑来,嘴里喊着"亮亮、亮亮"。

我奇怪地问老奶奶:"你认识我?"

老奶奶说:"我不认识你,我喊我的猫……"

于是,我把猫还给了老奶奶。

老奶奶给我钱,感谢我捡到她的猫。我没要。这样的钱,能要吗?

赵奎笑我,仍然说我傻子。我朝他鼻子擂了一拳,擂出血了。赵奎擦擦鼻血,像是擦掉了千斤重担,他很开心地跟我说:"小子,咱们两清了。"

我咬咬牙,去当铺当了我的手表,这是老妈送我的生日礼物。有了钱,

我就买了一个陶笛。我找到张琪,将陶笛送给她,并祝她在新学校好好学习,天天向上。

张琪告诉我,她不转学了。

我问:"为什么?"

张琪说:"都怪我姨父,他送给人家一只王八,可是又要了回去,你说人家还能帮忙吗?"我安慰了张琪。没问她姨父的名字。如果问出来,那就太没意思了。但不管怎么说,张琪不转学了,我还是很高兴。

我高兴地走在路上,遇到了周梦,他被他妈给赶出来了。

周梦说:"要么去网吧,要么去你家里借个宿。"

我说:"来我家吧!"

到了我家里,我妈看见周梦,就白眼珠子多黑眼珠子少。

我妈大声跟我说:"成天不知道学习,光知道玩儿,为了你的前途,我已找好关系了,下周你就转学!"

想念温柔

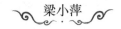

梁小萍

　　我是个顽皮的孩子,还没上学妈妈就给我做了一个小书包,买了田字本和铅笔橡皮,让我安安静静地呆在家里学写字。

　　小书包是妈妈用海南黎族黑色织锦,自己踏缝纫机做的,书包正面还用红色绒线绣了一个红五星。我特别喜欢这个小书包,我把本子和文具一股脑从书包里倒出来,把心爱的小人书整整齐齐地放入书包,然后斜背在肩上,乘妈妈不注意溜出了家门。

　　我跑到部队大院的小树林,脚上的小布鞋踢到一边,光着小脚丫三下两下就爬上了高高的石榴树,选好一处结实的大树权坐下来,把小书包挂在一边的小树权上,然后开始看小人书。看书看厌了就顺手在树上摘个青涩的小石榴咬一口,再瞄准树下跳皮筋的小丫头砸下去。

　　小丫头被小石榴砸得直叫痛,我咧着豁牙的嘴笑嘻嘻的,她们拿我没办法,小丫头不敢上树。

　　可是没一会工夫,妈妈就被她们找来了。妈妈叉着腰在树下朝我大吼一声——那是绝对的河东狮吼,于是我立马下了树,捡起我的小布鞋拎着,乖乖跟着妈妈回家,那些小丫头也被妈妈的厉声吓了一跳,不敢再告状了。

　　我长大后对妈妈说:"你那时候那么大声吼我,像老虎一样,你就不怕我

吓得从树上掉下来？"

妈妈语气很肯定地说："不会！虎妈无犬妞！"

虎妈！是的，我的妈妈是虎妈，不是说妈妈的嗓门大就是虎妈，而是我的妈妈真厉害。

比如说我的哥哥要去当兵，身体和政审都过关了，可是最后名单却没有哥哥的名字，妈妈一打听原来是部队某一位领导走了后门，让自己体检没过关的孩子占用了哥哥的名额。要是换了别人，也许就听之任之了，谁让人家是领导呢。

可是算他倒霉，遇见了我虎妈，妈妈直接找到了部队的司令员说明情况，并且说得有理有据：第一孩子响应国家号召当兵要支持，而且完全符合征兵的任何条件；第二某领导身为国家部队干部徇私舞弊，知法犯法；第三……妈妈一一列举了数十条，说得司令员当下就表态一定要调查清楚此事。

妈妈离开司令员的办公室并没有回家，而是走到那位走后门的领导家门口，对着他家破口大骂，说他愧为国家干部，说他徇私舞弊，说他丧尽天良……

其实妈妈这不叫"骂"，因为没有一个脏字，这叫"说"，说得理直气壮，气势如虹，直说得部队全大院人都听到了。许多人走出家门来看热闹，还有人来劝妈妈不要再说了，可是妈妈不理睬继续说，直到把要说的话都说完了，妈妈住口了。

周围旁观的人很多，表情意犹未尽，可是妈妈看都不看他们一眼，一转身自顾自地回了家，淘了米做了饭，炒了菜煲了汤，吃了两碗米饭喝了三碗汤，然后舒了一口气说："骂架真是个体力活，累死我了。"

后来我上学了，要是有人欺负我，我可不像小丫头一样没出息跑去找老师告状，我直接反击，打不过也打，经常鼻青脸肿地回到家。

妈妈说："没见过你这样调皮的女孩子，女孩子温柔才好。"

我不服气，说："妈妈厉害不就很好，谁都不敢惹你，你不是说过不要怕别人欺负,要越战越勇吗?"

这话免不了又挨妈妈一顿训,可是妈妈又会特意多做一点好吃的饭菜让我多吃点。

妈妈说的还真是,骂架是个体力活,打架更累,我饿极了,比平时多吃了好多饭。

随着我的成长,耳边时时传来妈妈不厌其烦的唠叨:"女孩子说话要语气轻柔;走路要姿态轻盈;待人接物要谦和……"

终于有一天我忍无可忍,大声对妈妈说:"你自己一点不温柔,还逼着人家温柔,我不温柔也是你的遗传。"

妈妈没有搭理我,低着头边干活边说:"妈妈小时候家里穷,你姥姥给我做不起花布裳,只能赶集时买些碎花布头给我做双鞋,我穿上花布鞋走在小伙伴堆里感觉真美。后来啊,我遇见了你爸爸,你爸爸是个孤儿,从小在地主家帮工,后来当了兵又南征北战的,就是当了军官也没有什么家当。我们结婚的时候,你爸爸买不了好首饰,就给我买了一支银簪子,为我盘起一头长头。还记得你爸爸第一次帮我盘头插银簪子那傻样,我感觉自己是天底下最幸福的女人了。"

妈妈说话间,情不自禁地"扑哧"一笑,我想妈妈一定又想起当年爸爸那副傻样吧,怪不得妈妈一把年纪了还一直留着长发,这在周围同龄的女人中很少见的。

这时妈妈抬起头看着我,眼神异常温柔,说:"可怜你爸爸那年救火牺牲时,你才六岁,你两个哥哥也不过十岁,我带着你们兄妹仨,我要是再温柔还怎么活?"

我的目光越过妈妈的眼睛,看着妈妈那一头盘起的花白头发,斜斜地插着一支老银簪,摇摇欲坠。

老 人

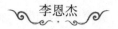

李恩杰

我从小便和老人一起生活，他是我唯一的依靠。

也许世界上还有其他人与我相关，但从未听老人提起过。老人的话不多。

总之，从我记得事的时候，我就跟着老人日夜兼程地奔波、旅行，行走在莫名其妙的旅途中。我睡去的时候老人在做着别的事情，我醒来的时候老人总是正默默地注视着我，然后说一句"走吧"，我们便再次起程。几乎每次都是这样。我甚至怀疑老人从来没有休息过。我酣睡的时候，老人都做了些什么呢？

老人脾气古怪，他时而严肃冷峻，时而和蔼可亲；时而开怀大笑，时而愁眉不展；有时候像阳光一样温暖怡人；有时候却阴郁晦暗，如一个无情的杀手……可是无论老人的性格和情绪如何变化，总有一点一成不变，那就是，老人从不肯停下脚步。哪怕只歇一会儿，他也不会这样做。老人总是坚定不移地走向前方，从不询问也不计较前方是什么地方，是否凶险。

不知不觉中，我已长大成人，然而我仍然要跟随着老人生活。我离不开老人，就像鱼类离不开水，鸟类离不开翅膀一样。

这么多年风雨兼程，我从老人身上学会了许多东西，也明白了不少道理。

可一直令我迷惑不解的是,老人虽然已白发苍苍,皱纹分割着他的脸庞,但他依旧神采奕奕,箭步如飞,没有一点衰老的迹象。至于疾病,就更不能接近他了。而现在的老人,竟然跟我很小的时候对他的印象几乎一模一样——也就是说,这二十年来,他竟然一点也没有发生变化!

对于这个问题,我曾不一次地问过老人,但他总是神秘地笑笑,继而说:"孩子,你不必明白。我永远是老人,但不会老去。"

即便我早已不是孩子了。可老人仍然这样叫着,老人是不可改变的。

有的时候,我抱怨老人行走的速度太快,老人总是惊讶地说:"我走得一点也不快呀,我的速度从来都是固定的。"

又有时候,我心情迫切,急着要赶到前面去,而老人却不紧不慢从从容容地走着,一点也不在乎我的感受,我愤怒了:"能不能走快点,这样对我来说简直是一种煎熬!"

老人瞥了我一眼,平静地说:"孩子,何必这么着急呢,我走得不慢,和平常一样。是你走得太快了。"

我真琢磨不透老人,有时对他极度厌烦,又同时离不开他;有时满心地讨好他,他却不理不睬;有时我觉得他一无是处,是无可奈何的包袱;有时却不得不承认老人极其谨慎、果敢,是一个洞察一切的智者;有时老人让我明白,只要付出,总会有回报;有时他又让我知道无所事事或碌碌无为的后果,使我后悔不已。

有一次,我们听人说前方正在打仗,炮火连天,血流成河,我害怕至极,畏缩着不肯往前走,老人严肃地说:"这段路是你的必由之路,不管你愿不愿意,都必须走,你别无选择。"

但我还是畏首畏尾,犹豫不决。老人就执意拉着我,向前走去。他的力量出奇的大,由不得我挣扎后退。经过几番血的洗礼,逃过了一次又一次的劫难之后,我们终于走出了战争地带。这时我开始沾沾自喜了,没想到战乱

并不是那么可怕，只要敢于面对，就能够走出困境。

又有一次，我们将要穿越一个正在遭受旱灾，饥荒严重的地区。我想，几次出生入死、枪林弹雨我都安全地挺了过来，对前面迫近的危险便不屑一顾，认为顶多是忍受一下饥饿，终于没在意老人的告诫，刚入境没多久便被那些饥渴难耐几近疯狂的灾民抢走了仅有的干粮和水。望着这哀鸿遍野、饿莩满地的景象，我开始恐慌，此时我不得不对前途感到担忧了。如果自己死在了这鬼地方，上天会怎样地嘲讽我呀。幸亏机智的老人在暗处还藏着一些食物，我们才得以维持生命。但是不久，这些东西已经被我狼吞虎咽般地消灭得干干净净。

老人叹息一声，说："我一再告诫你不要吃得太多，以后还会有很长的路。这下子我们只有挨饿了，贪图一时之快马上就会受到惩罚。"

以后的日子是如何过来的，我永远也不会忘记。饥饿的滋味原来是这样难以忍受，前心贴后背，肚子里仿佛有无数条虫子爬来爬去，常常，半夜里的我被无情地饿醒。剩余的路程我们只能以仅存的、肮脏的野菜树皮充饥，遇上臭水沟也会大喝一阵子，运气好的话还会捉到一两只有气无力的小动物，比如田鼠、麻雀之类，接下来就是津津有味的生吞活剥……历尽千辛万苦，我与老人终于走到了富饶之乡。这时我已瘦得皮包骨头了。

从此，我再也不敢轻视前面的路程。

这两次艰难的跋涉给我的教训实在是太刻骨铭心了。同时，老人节奏分明的脚步声也在时时提醒着我，容不得我有丝毫倦怠。

可为什么老人的脚步永不停歇？这一直是我急于知道答案的谜题。难道连一刻也不能休息吗？就是在旅途中睡上它一个月又有何妨？这对以后的路并没有多大影响呀。可是在不久前，我似乎隐约地明白了其中的缘由。

当时我们正在那块广袤无垠的沼泽地里跋涉。一个倾盆大雨的晚上，我疲惫到了极点，浑身疼痛，四肢麻木，一步也不想再往前挪了。正好我们遇到了一所被搁弃在荒原上的小木屋。

我请求老人说："我又饿又冷,而且累得没有一点力气了,能不能休息一夜再走?"

"不!"老人坚决地做出了否定的回答,"我也同你一样,又乏又困,但我们还得往前走,我们不可以休息,你没有办法逃避。"

我立刻绝望起来,这太不公平了,为什么要这样残忍地对待自己?我决定不走了,不睡一觉我会死的。

老人无情地说:"你不往前走也可以,但我必须得走。你自己承担后果吧。"

说完这句话,老人头也不回就上路了。

我扑过去,扯住他的衣服,抱紧他的腿,任委屈的哭声响彻原野:"别抛下我,求求你别抛下我,我确实累得不行了……"

不管我怎样哀求,怎样痛哭,老人最终还是走了。我含着泪在小木屋里昏睡过去。

第二天黄昏,我醒了,浑身发麻。惊醒的我发现四周一片空虚、荒芜和寂寥,不禁毛骨悚然。老人在哪儿?我……怎么能够离开老人呢?失去了他,我的存在还有什么意义?

我格外后悔,恨自己前一天夜里没能够挽留住老人。可老人是不会停歇的,是谁也留不住的。恨只恨自己意志力不够坚强。老人,老人,老人……我拖着麻木的肢体,不顾一切地狂奔,顺着老人残存的脚印。

二十多天后,我终于追赶上了老人。他宽容地笑一笑,拉起我的手。这时我的疲累之感远远甚于那个夜晚。我终于明白,人生的路是不能够停滞不前的。如果滞留于过去,老人会抛弃我们的。我,我们,任何一个人,都离不开老人。沉睡一天一夜的代价是接近一个月劳累的狂奔。

有一天,我们经过一座城市。一个戴帽子的青年拦住了我,他问:"跟你一块的这位老人看上去很精神,能告诉我他的名字吗?"

这时我才想起,我忽略了一个多么重要的问题,卑小的我尚且有名有姓

（虽然我常被老人唤作孩子），而最顽强最坚定的老人，他的名字肯定不同凡响吧。

于是我便走上前去，鼓起勇气说："跟了你这么长时间，我还不知道你的名字呢。"

起初我以为一向神秘的他不会告诉我，可老人的回答却证明了我的想法是错误的。

"其实刚才你已经说出来了，我的名字，就是——"他顿了顿，"时间，或者时光。"

彷徨在十八岁的路口

廖玉群

我高考落了榜,想去复读。

爹说:"咱祖坟上也没长那蒿草,别瞎做梦了,踏踏实实地找个活路才是正事。"

我说:"我想读书。"

娘叹了口气:"供你供到毕业,你爹都脱几层皮了,要怨就怨我这身体,唉……"

听到娘吭吭的咳嗽声,我心里那股蓬蓬烧着的火一下子就暗了下来。

家附近是个铜矿,听说铜矿在招矿工,我报了名。别的人都纷纷进矿里了,我的事还是杳无音信。

爹说:"要不,去找李向东,兴许他能帮忙。在矿上找到工作,如同找到了一个铁饭碗哩。"

娘说:"多年不来往,人家会认我们?"

爹说:"瞎撞呗,城里人发个话,比我们说一百句都管用。听说李向东还升了矿业局局长哩。"

找李向东,是我们家每陷入困顿时的一种理想化的想法。哥被拖拉机撞瘸了腿那年,想讨个说法,爹和娘就想过要动用李向东这个不同寻常的关

系,后来没敢找。

李向东当知青下乡那会儿,借住在我们家的偏屋里。李向东刚住进来那时候,脸色腊黄,瘦得只剩骨架。爹那时是生产队的队长,派活儿时没少给李向东那么点照顾。李向东准备回城那会儿,眼睛红红地跟我爹娘说了不少感激的话。李向东回城后,还给我们家捎过两回东西,我爹也顺势回送了山货。

有了这么一层关系,李向东就如同我们家的仅有的一小笔存款,不到非比寻常的时候,是绝不动用的。如今,事关重大,爹和娘都认定是该求贵人出手的时候了。

娘往尼龙袋里装了大半袋的板栗,掂了掂,又往里面塞了两把干笋。

爹把袋子攀在我的肩上,拍了拍,说:"进了人家门,要多说两句话,别怕丑。"

矿业局在一个矮坡顶上,上了矮坡,右手边上是个绿漆的大门,我前脚刚探进门里,又忙收回来。抬头再看白底黑字的牌牌上的确有"矿业局"几个大字,我才又一脚迈进去。

站了不知多久,一个大爷模样的人走出来。大爷上下打量了我一会儿,眼睛落在我身边的尼龙袋子上。

"板栗,新摘的板栗,大爷,您要的话,可以便宜卖。大爷,我这是换学费。"刚才堵在喉咙里的话突然变顺了,我也被自己的话吓了一跳。

大爷看看我,指着袋子说:"扛到四楼,二十块,行不?"

我点了点头,很重。

攥着二十块钱,我心底里的那团火又燃烧起来。我像是听到了什么召唤,如同以前每次上学一样,沿着上学的那条泥路往前走。

教语文的王老师看到我,说:"补习班报名只剩最后一天了,你来得正巧。"

我给自己交了学费,兜里还剩三块六毛票子,没敢花。

当我把三块六毛钱交给爹和娘并说了交学费的事后，他们都抬起头，怔怔地看着我。

爹说："我娃仔长大了，自作主张了哩。"

爹不再说什么，娘看着我的光脚板直抹眼泪。他们后来一致决定，用那三块六给我置一双鞋。

十八岁的我，给自己买了一双蓝布皮子的青年鞋。穿上青年鞋，我清楚地听见自己的脚下响着踏踏的脚步声。

毕业后，我工作的单位正好在县里的矿业局。才知道，矿业局的前任局长是叫李向东，但和我当年要找的那个李向东，除了名字相同外，竟连性别都对不上号，他们是风马牛不相及的两个人。

父 亲

陆 梦

1994 年,父亲带着花两千元买来的女人到了新疆。

父亲会做衣服,开了间裁缝铺。女人经常给父亲打下手:摆摆摊、卖卖布、缝缝裤边、钉钉纽扣,一天到晚不闲着。三年后,女人突然偷偷走了。父亲四处打听,杳无音信,只好作罢。新疆地域辽阔,找一个人无异于大海捞针。

奶奶听说后,从山东老家赶来,希望能给父亲再找一房媳妇。

父亲在奎屯征了婚,来了几个女人都不如意。那些女人每次来,都要父亲报销车费。这样折腾了好几年,也没有一个女人愿意跟他实实在在过日子。

一位老乡给父亲介绍一位老丫头,一条腿瘸,两双手就三根手指。奶奶看在她没有生养的份上,就同意了。

这个老丫头就是我娘。娘生下我,奶奶嫌我是女孩,生气不给娘饭吃,父亲就偷偷地给娘买吃的。

我三岁的时候,在雪地里独舞。父亲看到我有跳舞的天分,把我送到舞蹈培训班。四岁的时候,我代表乌苏地区到北京参赛,获得了幼儿组舞蹈第三名。父亲高兴地带我回了山东老家,家乡人对父亲竖起了大拇指。我跟在父亲的后边,像条骄傲的小尾巴。

　　我经常参加市级比赛,为父母挣足了面子,获奖证书贴满了半面墙。可父母忙碌的眼光无暇在那面墙上停留。

　　后来,我突然变了。

　　市里举行舞蹈大赛,特别邀请获一等奖的父母上去领奖。那天我获得了这个奖项。父母在主持人一声声催促中,离开座位。父亲挂着双拐,一步一颠地往台阶上挪。母亲跟在父亲的后头,想帮父亲一下,哪知道自己走路不稳当,两人齐齐摔了下去。台下爆发了一阵压抑不住的笑声,主持人赶快到台下扶起父亲,把他们请上了台。他们站在我身边,我忽然有了悲哀的感觉,我怎么会成为他们的孩子呢,有人偷偷竖起三根手指,我明白他们是笑话母亲的。

　　打这儿以后,任何竞赛我都拒绝参加。

父亲花了很多钱买来的钢琴我也不愿意碰。每周一次的钢琴课我也不再去，舞蹈班里也见不到我的影儿。父亲每次试探地用目光和我对接，我都快速地别过头，目中无人地越过他的头顶。

父亲小心翼翼问："丫丫，我做错啥事了，你怎么不对劲，以前可不是这样的。"

"你不该花那么多钱给我买钢琴，每次弹钢琴，邻居都嫌是噪声，你不知道吗？"

"我和你娘喜欢听啊，我们这么辛苦地赚钱，不就想把你供出来，以后过好一点，不遭罪。"父亲的目光终于和我对接上了。

我垂下头，恶狠狠地说："我不让你们管，你们管好自己，以后走路别摔跤，别让人笑话就行。"

说完，我甩门跑了出去。

晚上回家。娘偷偷劝我，让我给父亲一个说法。

我白了娘一眼，气哼哼地说："谁让你们生我的？还不如让我死了好，我跟着你们丢尽了脸，哪有脸活着！"

娘哭着进了屋。

娘哭到半夜，其间只听到父亲一声接一声的叹息。

天快亮时，父母破天荒地没起床。我偷偷溜进他们的卧室，希望找点钱打发一天的日子。母亲脸朝里睡着，父亲仰面躺着，胸膛上贴着一件小巧精致的舞衣，上面缀满亮晶晶的小圆片。那件舞衣是父亲亲手做的，小圆片是母亲用仅有的三根手指一片一片缝上去的。

此刻，小小的舞衣静静地贴在父亲最温暖的地方，小圆片在早晨的阳光下，闪着五彩的光，就如北京那次比赛的舞台；我从舞台上下来，别的孩子都是家长抱着下来的，只有我连蹦带跳地扑进父亲的怀抱，险些将他扑倒。父亲当时，就是这样紧紧地把我放在他最温暖的地方，亲了我一口。那时，父亲是我的世界。

我轻轻地把父亲的双拐拾起,竖在床头,悄悄掩上房门,眼泪不听使唤地流了出来。擦去眼角的泪,走进厨房,我要给父母做顿早餐,我要接着学钢琴、学舞蹈。

　　我要用我完美的双腿,完成父母一生都无法实现的梦:舞蹈。

七 月

田 枞

每个七月都是湿漉漉的。七月里有一只苍白的手。如今,七月又来了。

我知道你就在这座城市郊区的某个角落里,独自一人,用苍白的手,拿起皮尺和剪刀,为他人做衣裳,以此谋生。如今的你,睫毛肯定还是长长的,弯弯的,只是眼神早已干枯。驼背,跛足,是那次事件留给你的印记。身披别人诧异的目光,你活着——痛苦地活着,卑微地活着,苟且地活着——一直活到了现在,都二十一年了。

你从不跟我联系,当然也不跟其他同学联系。同学们也都不敢跟你联系。每年,我都会给你姐打个电话。她总是说:"还是不联系为好,让她生活在自己的世界里,安安静静地度过余生,就挺好。"

我知道,你是害怕面对自己的过去,见到了我们,就等于见到了过去。你是否也知道,我们也害怕见到你的现在。青春与美丽,怪异与丑陋,怎能如此残忍地叠加于同一人身上? 这是多大的反差! 老天爷这是怎么了?

我不清楚,你是否知道我曾经深深地暗恋过你,或许知道一点吧。还记得那首《菁菁校园》吗? 在初一的元旦联欢会上。

你唱:校园的钟声叮当叮当,交织过多少美梦。

我唱:梦中的伴侣虽已远离,梦却依然芬芳……

你的声音,如银铃般,钻进我的灵魂里了。银铃般的声音,至今还常在我耳边萦绕,尤其到了七月。

有一个画面,我至今难忘。那是一个课间,你立于课桌前,在用废纸叠一只蝴蝶。春日的阳光自窗户斜斜地照进来,你便沾染了光的亮和光的影,你的睫毛长长的,弯弯的,在撩拨阳光,还有挺拔的鼻梁、小巧的嘴巴、白嫩红润的肌肤,美极了。我以课本做掩护,偷偷欣赏你,竟然痴了。

那只蝴蝶,你玩腻了,扔了。可它如今正静静地躺在我的初中语文课本里。我之所以将它夹在语文课本里,是因为那时候你是语文课代表;我的语文成绩之所以比较突出,就跟你担任语文课代表有关。

你知道整个初中期间我最后悔的一件事吗?那也是一个课间,我火烧火燎地往厕所跑,在跑到教学楼拐角的时候,下意识地停下了脚步,结果就听见一声尖叫,原来是你从拐角那边跑过来,咱俩差点儿撞个满怀。唉!为什么当时就停住脚步了呢?

如愿以偿,我们都考上了那所全省闻名的高中,但不在一个班。你的成绩还是一如既往的优秀,你的美丽愈加动人,更上一层楼。那年,男生在背

地里票选十大校花,你高居榜首。偷偷给你写信的人如过江之鲫。你不知道,我也曾经给你写了一封,但没有勇气寄出,烧了。奇怪的是,自从烧了那封信,再见到你时,心居然再也不怦怦跳了;去你家的时候,再也不手足无措了,你爸妈说我长大了,大方了。

那个该死的七月终于来了。我发挥超常,一举过了本科线。在那张大红榜上,我也看到了你的分数,那是一个非常令人不可思议的低分。我来不及高兴,蹬上自行车就往你家跑。在门口碰到你爸,他说正准备找我来劝劝你,说你将自己关在房间里哭了快两个小时了。

在卧室门口,我听到了你嘤嘤的哭泣声。我心如刀绞,想,如果能将咱俩的高考分数换一下,该多好啊!你不知道,听见你哭比我自己哭心里还要难受,难受很多倍。我苦口婆心地劝你。你一声不吭。后来,听见门响了一声,一推,居然开了。然后,就看见你坐在了窗台上,摇摇欲坠。我三步并作两步,赶上前,抓到了一只正在坠落的手,然而,非常遗憾,下坠的力量太大,我没能抓住。那只手是那么苍白,伴随着你的尖叫声,从五楼直直地沉了下去,沉入命运的深渊。

你为什么要把门打开?我苦苦思索了二十年,或许,你是想与命运赌一把,看我能否把你从死神手中夺回来?可是,我们到底算是赢了呢,还是输了呢?大夫说,如果没有我那一把,你绝无生还的可能。

为什么我没能抓住你?为什么没有同你一起做个畅快淋漓的自由落体?为什么面对残缺了的你,我内心深处那些冬眠已久的爱的种子不能再次萌芽?这三个问题,一直都在折磨着我。

现在,又是七月了。那只苍白的快速下沉的手,又准时来了,频频入梦,因此,七月注定又将是湿漉漉的,因此,必须跟你说点儿什么,否则,我将难以度过这又一个多雨的七月。

跟往年一样,你将不会看到这封信。这将是我为你烧掉的第二十二封信。

奶奶的心事

白·秋

    爷爷定过娃娃亲,女方六岁就夭折了。奶奶过门前不知道,没想到,这个事成了她一辈子的心事。

    我们这儿老一辈有规矩,夫妻百年之后合葬,定娃娃亲那个人,要排在她前面,甭管子孙辈上是谁熬下来的。从我记事起,奶奶就不接受这个事实,她常唠叨:"死了,坚决不和那老骗子合葬,我可不给别人当小老婆,阳间阴间都一样。"

    爷爷病得厉害的那年,我刚满两岁。那天,家里炖了唯一一只下蛋的母鸡。那味道三番五次勾着我去看,爷爷一次次把好吃的鸡肉往我的嘴里放。很快,那只鸡就被我吃得差不多了。

    母亲几次把我拖住,却被奶奶的眼神制止了。她一边看着老头子,一边看着长孙子,在那里含着眼泪笑。爷爷去世时,奶奶还不满四十岁。

    我老家门前有一棵梧桐树,宽厚肥硕的叶,坚挺笔直的干,它是我出生那天奶奶亲手栽下的。当我长到能给奶奶当拐杖时,梧桐树已有水桶粗细,有事没事我会在上面爬上爬下。更多的时候,我会猴在奶奶身边,看她做针线活,听她讲皮货子精、笤帚疙瘩和炊帚疙瘩的故事。听她一遍又一遍数落:"栽下梧桐树,不愁凤凰来,你永远不愁找不到好媳妇。长大以后,千万

145

别把我跟你爷爷葬在一起,他在阴间有老婆了,我不去当小。"

我们的村子大,七百来户三千号人,奶奶的手工活儿是村里数一数二的。缝衣服做被子,纳鞋底做鞋垫,针尖跟蚊子脚似的;剪窗花过门笺,编蒲扇粘笸箩,千奇百怪的花样都会;用麦秸草编成小狗小猫小兔子更是她的拿手绝技,她编的蝈蝈放到地上,公鸡母鸡抢着来啄。冬闲时节,村里的大闺女小媳妇都跟着奶奶学。她从不保留,随到随教,教会随走。

每月初二、初七,村里都有个小的集市。麦收过后,奶奶就会用麦秸草和棒子皮编成的一些小玩意,拿到后街大集上去卖,换个零花钱。一个小脚女人,扶着个半大小子在那里摆摊卖货,后面有时候还跟着一条活蹦乱跳的小黄狗,成了那时的一道风景。大街上,奶奶的货总是最抢手。那时的我,也不全是为了奶奶用赚得的那点零花钱,买可口的东西塞到我嘴里,只看见奶奶的手工换成几张毛票,张着没几个牙齿的嘴笑,就是一种莫大的喜庆。

有一段时间,我最怵深秋季节的到来。大家庭分家后,父亲常年在外面工作,一年到头几乎全是奶奶、母亲和我们兄弟姊妹在一起。傍晚的雨,斜打到宽大的梧桐树叶上，声音传得幽深长远，深深的雨幕里，总觉得有数不清的眼睛在盯着我们。每当这个时候，奶奶的眼神就越发空灵，唠叨那些生老病死的事特别多。最后，总忘不了嘱咐我们，她死了，万万不能跟那个老骗子葬在一起。他那边已经有老婆了，她不去当小。渐渐地，那成了我最不愿意听到的一句话。

我离开家那年，梧桐树一个人已经搂不过来了，它成了村口的一大景观。"木秀于林，风必摧之"，大概就是这个意思吧。那年村子里集中规划宅基地，把它当作标志物。树梢上绑一杆红旗，一下子把父亲辛苦盖的八间瓦房劈成了两半。搬家时，奶奶坚持要下那棵树干做了寿材。

奶奶守寡五十多年。在一百岁生日前一天，她让家人给洗了个澡，干净地躺在床上，安详地闭上了眼睛。明事理的人说："这是修来的福分，老太太一辈子都要强，走的时候也不给家里人添麻烦，那么爽快。"

那天，天上下着蒙蒙细雨，我连夜从外地赶了回来，父亲轻轻把覆盖她脸庞的黄表纸揭开。我看到，奶奶的脸上真的非常洁净，耳朵上整整齐齐挂着那副娘家陪送的银耳环，貂皮做成的帽子上嵌着一块绿莹莹的蓝宝石，闪着幽幽的光，很像小时候我常常看到的，她无怨无悔的眼睛。

奶奶去世前，曾让父亲挽着，歪着小脚去看了爷爷的墓穴。爷爷的墓建在村东边一个向阳的山坡上，下面是一片洼地。她说："这头枕山、脚踩湾是好墓穴哩，保着子孙兴旺。为你们好，我就跟他葬一起了，到那边，当小就当小吧。"

帮孩子找优点

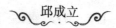

邱成立

他怎么都不肯相信自己的孩子会是差生。

怎么可能呢？自己的孩子小时候是一个多聪明的孩子啊！唱歌他会，画画他会，弹琴他会，跳舞他会，他还会说相声呢！

老师知道他不信，一脸严肃地说："你说的这些，我都知道。你问问班里哪个小孩不会唱歌，不会画画，不会弹琴，不会跳舞？你再问问你的孩子，这次期末考试考了多少分？上次期中考试考了多少分？平时单元测验最多考过多少分？"

他当然不会问，尤其是当着这么多的家长。况且，孩子也不在教室里。今天是一年级最后一次家长会，教室里全是家长，没有学生。

他当着全班家长的面，如数家珍地给老师讲自己孩子小时候的聪明事儿，一桩桩、一件件，讲得滔滔不绝，讲得津津有味。

老师耐着性子听他说了半天，最后还是那句话："你说的这些事，我都知道。你问问班里哪个小孩不会？"

老师还说："你说的都是以前，不是现在。现在，你孩子的学习确实不怎么样！"

老师又说："你还是赶快想想办法吧！想办法提高一下你孩子的学习成

绩。说别的都白扯。"

接着，老师讲了他的孩子在学校里的表现，每一件事都可以作为反驳他的话的证据，归根结底一句话，他的孩子不但是差生，而且是最差的。

家长会结束以后，一些家长围在他的身边，一个个愁眉不展、忧心忡忡。这些人的孩子都被老师宣布为差生。他们为自己的孩子找了许多优点，但却改变不了自己的孩子是差生的本质。他们真想放弃对孩子的教育，却又舍不得，毕竟是自己的亲骨肉啊！

同命相怜。这些人除了叹息，还是叹息。

"我们的孩子咋会成了差生呢？"

"我的孩子，上幼儿园的时候，街坊邻居哪个不夸他聪明啊！"

"谁说不是呢？还没上幼儿园，我的孩子就琴棋书画无一不通了呀！"

"怎么我们的孩子，在老师的眼里，就一无是处呢！"

"老师的话我一句也不信。我相信，我的孩子是最棒的。"

"我也不信我的孩子会那么差，肯定是老师的判断有问题。"

这些人说了许多这样的话。他们的想法是一致的，希望改变自己的孩子在老师心中的印象。

他看了看众人说："别人可以说我们的孩子是差生，但我们自己不能说。我们要相信自己的孩子是最棒的。记住——对于一个孩子来说，希望和自信是最重要的。"

有人说:"可是,老师不这么认为,我们该怎么办?"

他提高声音说:"我们要把自己的孩子培养成最优秀的孩子。我建议,我们成立一个家长委员会。凡是自己的孩子被老师说成差生的,全部是我们的会员。"

众人听了,兴奋地鼓起掌来。

他想了想,又说:"我们这个协会,最主要的任务是帮孩子找优点,最终的目标是把孩子培养成最优秀的。这个协会叫什么名字好呢?大家可以帮着想一想。"

众人歪着脑袋想了半天,有说这个的,有说那个的,最后,一致决定,协会的名字就叫"帮孩子找优点家长委员会",简称"找优点家委会"。大家一致推举他担任主任委员。

他沉吟片刻说:"好,我是主任,大家都是副主任。"

众人喜上眉梢,热烈鼓掌。为自己,也为别人。为自己的孩子,也为别人的孩子。

他望着大家说:"家委会当前最紧迫的工作是深入了解自己的孩子,发现自己孩子的优点,帮孩子找优点,找到的优点越多越好。月底,我们开一个表彰会,表彰帮孩子找到的优点最多的家长和孩子。"

听了他的话,大家欢欢喜喜地散去了。

"找优点家委会"闹得很欢,家长们一有时间就和自己的孩子聊天,还一起做游戏、做家务,当然也辅导自己的孩子写作业,以便随时随地发现孩子的优点和长处。有的家长还发动家里的其他人,比如孩子的爷爷、奶奶,叔叔、阿姨,甚至街坊邻居,一起寻找孩子的优点。月底,家委会总要搞一次像模像样的表彰会,表彰帮孩子找到的优点最多的家长和孩子。

人们少不了赞颂他这个主任委员,说他这个人就是点子多。有了他和他领导的"找优点家委会",相信用不了几年,每一个孩子都会是最棒的。

您呢,相信吗?